李锐 著

無風之樹

译林出版社

图书在版编目（CIP）数据

无风之树 / 李锐著. —南京：译林出版社，2024.11
（李锐作品）
ISBN 978-7-5447-9545-6

Ⅰ.①无… Ⅱ.①李… Ⅲ.①长篇小说 - 中国 - 当代 Ⅳ.①I247.5

中国版本图书馆 CIP 数据核字（2022）第 244589 号

无风之树 李 锐 / 著

责任编辑 焦亚坤
装帧设计 韦 枫
校 对 孙玉兰
责任印制 闻媛媛

出版发行 译林出版社
地 址 南京市湖南路 1 号 A 楼
邮 箱 yilin@yilin.com
网 址 www.yilin.com
市场热线 025-86633278
排 版 南京展望文化发展有限公司
印 刷 江苏凤凰新华印务集团有限公司
开 本 850 毫米 ×1168 毫米 1/32
印 张 6.75
插 页 2
版 次 2024 年 11 月第 1 版
印 次 2024 年 11 月第 1 次印刷
书 号 ISBN 978-7-5447-9545-6
定 价 58.00 元

无风之树
——行走的群山

六祖慧能在法性寺指着那面迎风招展的旗子，对众僧解释世界说："不是风动，不是幡动，仁者心动。"

政治家毛泽东宣布说："阶级斗争，一些阶级胜利了，一些阶级消灭了。这就是历史，这就是几千年的文明史。"

矮人坪村生产队长曹天柱无论高兴还是生气，都只用一句话总结世界："我日他一万辈儿的祖宗！"

拐老五在人生最后的一瞬间总结世界的时候，只用了两个字，这两个字其实只是被他弄出来的一个声音，那只被他坐了许多年的小凳子，在倒下去的同时发出了一个轻微的响声——"咔当"。

——题记

一

他一动不动地站在土崖的下边，看着远处的背影。一步一颠的，越变越短，先是腿不见了，然后是腰和身子，最后灰黄的塬畔上只剩下一颗晃动的头，只晃了两下，头也不见了，像是沉进了一片看不见底的浑茫的深渊。他想，刘主任这是下沟了，得下十五里。他忽然觉得眼泪要掉下来，他就在心里骂自己，你他妈哭个啥呀你！你怎么这么不坚强呀你！可还是没忍住，眼泪还是流了下来，嘴角上咸咸的。他死命地咬着在嘴里流来流去的咸水，对那个已经根本看不见的背影在心里叫喊，你这样做根本就是丧失立场，我是来改天换地来的，我爸爸是烈士，我是党的儿子，我跟你怎么能一样？根本就不可同日而语。你哪知道呀你，我现在浑身的骨头节都疼起来了。你怎么能理解六年到底有多长？我必须得做这件事情，我一定要做这件事情！你别以为我不敢干！

太阳早就沉下西山了。浑茫的土塬上弥漫着折射过来的冷彻的青光，暗幽幽的。天很深，远处层层叠叠的山也很深。辽阔的空旷之中，你分明能感觉到漫天的青光压下来的分量。土崖顶上几只归巢的乌鸦呀呀地盘旋着，把空旷和寂寥一声又一声地编织到崖顶的枯林里。他舔舔嘴唇，又想，刘主任得摸黑了。插在衣兜里的手一直紧紧地捏着那几张叠起来的纸，刘主任把这几张纸递过来的时候郑重其事地说，苦根儿，给，这是几张空白介绍信，你可别小看了这几张纸，这是公社党委对你的信任，是党给你的权力，你是烈士的孤儿，党就得依靠你这样的接班人。他没说话，翻起眼睛看看刘主任。刘主任立刻明白了他的意思，可刘主任想和他绕个弯儿。刘主任说，对，不叫苦根儿，叫赵卫国，赵卫国同志，矮人坪清理阶级队伍的大事情就全靠你了！将来要是需要搞个外调，到县委办个手续啥的，这几张纸就能顶事，还有什么困难尽管向公社反映。公社党委早就知道你的入党申请了，好好干，在大风大浪里干出成绩来，我给你当入党介绍人！刘主任说得很慷慨，说完又笑了，一边笑，一边还把手伸过来在他肩头上使劲拍了拍。他还是没说话，还是只把眼睛翻起来，心里一阵雷鸣电闪，我用不着你给我打气，阶级敌人是明摆着的，我一把就能把他揪出来。我来这儿已经六年了。我是主动要求来这儿的，你们哪能理解我？我就是我爸！我替我爸来改天换地来了。可你为什么非要睡到暖玉窑里？暖玉和阶级敌人睡，你来了又和暖玉睡，你当主任的和阶级敌人睡一个女人，你叫我怎么斗争？你还介绍我入党呢你，你自己就不够格儿！刘主任很仔细地看着他的眼睛，刘主任心里很清楚，这个弯儿自己不能再绕了，绕不过去。刘主任再一次笑起来，刘主任现在只好自己对自己笑。刘主任说，你还小，还没娶过媳妇，不知道熬媳妇是啥滋味儿，你哪知道这些事情呢。暖玉那儿收拾得又干净，饭又做得好。咱这穷地方，把革命工作做完了，就没啥干的，就没啥娱乐的。我来矮人坪下乡，哪回也是住暖玉那儿，暖玉院里是两孔窑么，我住一孔，暖玉住一孔么。行啦，就这么个事，你就别盯着我啦，还是把这回的阶级队伍清理好吧。刘主任终于说出来想说的话，终于不再绕弯儿了。刘主任说完了想说的话，摆摆手，走了。走了几步又转回身，刘主任说，卫国，咱们光说清理阶级队伍了，上回给你说的那个媳妇到底行不行？你咋也不回个话？他的脸立刻涨得紫红紫红的，莫名的愤怒和尴尬立刻填满了胸膛，他挣扎了一会儿，才从这紫红的愤怒和尴尬中挣扎出一句话来，他直盯盯地看着刘主任说，我不娶媳妇，女人都是妖精！刘主任就又笑了，你看你这孩子，我不过是替别人问问，就这么大的火气？不愿意就算啦，也好，一心一意好好搞运动吧。说完，刘主任就一步一颠地走了。他就站在土崖底下目送刘主任。从西山背后折射上来的阳光，又清冷，又干净，把冬日的土塬照得空空荡荡的，冷冷清清的。空荡清冷之中一眼就能看出上百里远。头顶上，乌鸦们还在有一声没一声地叫着。他没抬头看它们，不用看他就知道，飞来飞去的乌鸦一共是七只，六年来他在村口数过无数遍了。原来是五只，现在是七只，总共只有七只。飞来飞去乍一看好像挺多，其实就是七只。可为什么是七只不是八只呢，那一只单的怎么办？跟谁搭窝呢？年年下蛋，年年孵小的，孵出来都上哪去了呢？都叫蛇吃了吧？肯定是有条胳膊粗的黑蛇缠在树杈上，张开大嘴，蛇芯子老长，一口一个，一口一个，都吞了！鸟们连叫唤一声都来不及，真可怜呀，太可怜啦，这么多年就活了两个。鸟们就不知道飞，远远地飞走不就完了吗，咳呀，六年才活了两个，六年得多长呀。你们怎么能理解六年到底有多长？你们怎么能理解我？根本就不可同日而语。你都知道暖玉和阶级敌人睡了，你为啥还要睡到暖玉窑里，你还是领导干部呢，你咋这么不争气，你咋这么没立场呀你？我入党不用你介绍，娶媳妇也不用你介绍，你哪能理解我呀你？你哪知道呀你，我现在浑身的骨头节都疼起来了。你别以为我不敢，我非做了这件事情不可！即使我不做，赵英杰也会做的，赵英杰会毫不犹豫地把这件事情干到底的！四下里再没有别的声音，再没有一丝一毫的响动，一切都深深地凝滞在冬日无风的黄昏之中，深深的凝滞之中没有任何人能听见苦根儿心里翻动着的电闪雷鸣，没有任何人能看见苦根儿脸上那些咸咸的眼泪。

顺着刘主任刚才走的这条小路向东，走十五里下到沟底，然后，再沿着一条能走马车的土路再向东，走一百五十里，中间还要找个村子住一宿，然后，就能走到县城，走到他当年上小学、上中学的地方。他就是在那儿成了烈士的孤儿的。后来，他也就是在那儿碰见了那位作家，才下定了决心，要以父亲为中心人物写一本长篇小说，要以长篇小说中的父亲为榜样，到这个吕梁山最偏远的矮人坪来改天换地的。

二

一抬头，我就看见他裤裆里鼓鼓囊囊的。还是主任呢，还是国家干部呢，就连这么一阵阵都憋他娘不住啦。憋不住你倒是去呀，暖玉的门槛没叫你给踢平喽？暖玉的炕皮没叫你给砸塌喽？哪一回来矮人坪你不都是直奔暖玉家，睡了暖玉才开会才办事吗？这一回可倒好，一进村就奔我来了，我弯腰放下斧头就看见了那双干部鞋，就知道是他。矮人坪的人哪有穿干部鞋的？都穿方口鞋。等到直起腰来，脸就正好对着他那个鼓鼓囊囊的大裤裆。我撂下手里的木柴，对着那个大裤裆堆出满脸的笑。

我说，呵呵，刘主任来啦！

他说，曹永福。

他不叫我拐老五。叫我曹永福。我就知道坏事了。我说，刘主任到家里歇歇，喝口水吧。

他不说喝，也不说不喝。他说，曹永福，我这回是来清理阶级队伍来了。

我说，呵呵，公家的事情就是忙，就是多哩，哪能不清理清理。

那个裤裆就抖起来了，就听见刘主任哈哈一笑，我扬起脸来就看见一排牙，牙里面都是叫烟卷熏得乌黑一片，像是抹了一层黑釉子。我就知道，人家要清理的其实就是我。祖宗的，跑了的都是好人，逮着的都是贼。当初要是我也跟上我大哥跑了，看你们这队伍咋阶级，咋清理？

刘主任说，哈哈，曹永福，矮人坪要是没有你这么个富农分子，这阶级斗争、政治运动啥的还真没法子搞啦。你还是真有用啊你。

我就说，呵呵，呵呵。

后来，我就看见了刘主任挎包里的那个酒瓶子。暖玉说刘主任每回一进门就掏出一瓶午城白酒来，朝炕桌上一蹾，嘭，刘主任就说，咱这穷地方，没啥干的，也没啥娱乐的。然后他就不走了。然后他就喝酒。然后他就把暖玉的衣服左一件右一件的扔得满炕都是。然后他就把暖玉架在自己大腿上，脸对脸的使劲儿。暖玉说他颠得就像是一匹疯马，颠得她头昏脑涨的能死过去。暖玉说，他一边颠一边问，还是就问一句，除了我你还和谁？除了我你还和谁？除了我你还和谁呀你！暖玉说，我头晕得能死过去，哪顾得上说话呀。我就不爱听暖玉说这句话。你狗日的美得能死过去，你就盼着这个，天底下的女人都他娘地盼着这个。暖玉暖玉，你咋就不想想矮人坪的男人们伤心不伤心呀？矮人也是人呀。

我看见了那个酒瓶子，我就说，呵呵，刘主任回家歇歇，喝口水吧。

刘主任没说话，一转身要走。

我说，刘主任，我这儿还有几个鸡蛋呢，你拿上下酒吧。

刘主任说，行，吃完了饭，我还得给你们传达中央文件，这一回的运动得正儿八经地按照中央文件的精神搞。毛主席早就说了，“阶级斗争，一抓就灵”。这回矮人坪就得抓你这个反面教员啦。

我说，呵呵，那是，那是。

刘主任瞪起眼睛，那是啥呀那是？这事情没有你富农分子插嘴的空。拿鸡蛋去吧你！

我就笑了。我没告诉他，要是我这个富农分子没有了，看你们这队伍咋阶级，咋清理？看你那中央文件干啥使去？你光知道急着去暖玉那儿，你知道每回暖玉咋给你倒的酒吗？你这午城白酒哪一回也得有二两给我留着。暖玉一边给我倒酒，一边说，拐叔你心眼儿真好，你真知道心疼人啊。暖玉一边说一边哭，一边哭一边说，哭得人心里软得呀，恨不能把天底下的好事情全给她端到眼跟前，好让她能笑起来。这事情你知道吗你？你压根儿就没见过，你压根儿就不知道。你瞪啥眼啊你，你鼓着个裤裆，我还不知道你急的个啥。天柱早就说了，牛是队里的，地是队里的，暖玉也是队里的。你个当主任的来一回白用一回暖玉，你就不嫌寒碜？我们供着暖玉，养着暖玉，那是我们矮人坪的男人们愿意，那是我们心甘情愿。你算啥呀你，端着公家的铁饭碗，还又跑到这儿来抢别人的。你是主任，谁抢得过你呀。你当我愿意跟你说话呐，你恁大的个，苦根儿也是恁大的个，跟你们说话就得扬着脸，扬得我脖子都酸啦。你们这些人到矮人坪干啥来啦你们？你们不来，我们矮人坪的人不是自己活得好好的。你们不来，谁能知道天底下还有个矮人坪？我们不是照样活得平平安安的，不是照样活了多少辈子了？瘤拐就咋啦？人矮就咋啦？这天底下就是叫你们这些大个的人搅和的没有一块平安地方了。自己不好好活，也不叫别人活。你们到底算人不算人啊你们？你们连圈里的牛都不如！

三

我这一辈子也忘不了二弟那一脸的吃相。

二弟到底放下了饭碗，两只手捂着肚子哭起来。放下的饭碗里还有半碗面条呢，榆皮面兑得太多，红楞楞的，都看不出玉米面的色儿来了。二弟捂着肚子叫我，姐，姐，我肚子疼，要疼死我呀，姐，要疼死我呀！我扭头看看爹，爹已经吃了六碗了，又端着碗站在锅边上了。娘正把脸埋在那个粗瓷大海碗里呼里呼噜地咽面条，娘已经吃第五碗了。我一口也没吃，我一口也吃不下去。我就穿了那一身红衣裳，顶着个大太阳坐在那个板凳上，看他们吃，我倒要看看他们能吃下多少面条去。大太阳底下看不见人脸，就听见一片呼里呼噜的响声。二弟捂着肚子叫我，姐，姐，要疼死我呀，要疼死我呀，我活不了啦，姐！我就从那个板凳上忽地站了起来，站起来的时候板凳哗地碰倒了，事后我才看见腿上碰了鸡蛋大的一块乌青。

站起来我就喊，爹！爹！你吃死呀你！你不看看我弟快撑死啦你！你就吃死吧你！

爹这才放下饭碗转过头来，爹说，虎牛儿，虎牛儿，你小子真他娘给我丢人呀你，你个兔崽子才吃了几碗啊你，倒他娘

×的吃不动啦？看我不揍死你个狗日的！爹一边骂，一边就把鞋脱下来举在头上，看我不揍死你个狗日的，看我不揍死你个狗日的！

满院子里呼里呼噜的声音一下子没有了，大伙都从饭碗上抬起脸来看着爹手里的那只鞋。我扑到二弟身边，二弟的嘴唇憋得青紫青紫的。我死命地喊，爹，爹，快救救我弟吧，二弟真的要死啦！

满院子的人都吓愣了，吓傻了。人人都端着个大海碗，张着嘴不说话，也不吃面。明晃晃的太阳底下只有二弟那张青紫青紫的嘴，和那剩下的半碗红椤椤的面条。二弟临咽气的时候对我说，姐，我太饿啦，姐……从老家逃荒出来一路上二弟说得最多的就是这句话，成天揪着我的衣襟说，姐，我饿啦。二弟，二弟呀，你都活活撑死啦你，你咋还说饿呀你，看看你这肚子吧，硬得都成石板啦，你咋还说饿呀你？弟，弟，你倒是说话呀你，你咋不说话啦你……爹，爹，我弟真的死了，他真的是撑死啦呀……

爹举着鞋扑通一声坐在地上，把那只鞋死命地朝自己头上打，鞋底子上的黄土落了一头一脸，爹说，虎牛儿——虎牛儿——！

娘手里的粗瓷大海碗哗啦打碎了，还没等娘站起来，就猛一弯腰，哇，把吃下去的面条又全吐到地上了。

那一回，矮人坪的人全聚在院子里。等到他们全站起来，我才看清楚这一村子的瘤拐到底有多矮。那一回我才看见撑死的人能把嘴憋成什么样。明晃晃的太阳底下，二弟的嘴青紫青紫的，黑得瘆人。

办完了喜事，也埋了二弟，我送爹娘和弟妹们离开矮人坪，送到村口的土崖底下我站住了。我说，爹，娘，我不送了。以后，你们别来看我。也别叫弟弟妹妹们来看我。也别给我来信问讯我。我啥也不想知道，啥也不想看见。我就在这儿，哪儿也不去。我就在这儿守着二弟，我怕二弟一个人在这儿孤孤单单的想家。赶明儿，我就死在这儿，跟二弟就个伴儿。

爹就哭了。娘也哭了。弟弟妹妹们也都跟着哭。

我说，都别哭啦，哭啥呀哭。这不是有一口袋玉米。二弟死了，人家不是又给赔了这头小毛驴儿。照理说咱的人是自己撑死的，人家犯不上再赔啥了，人家赔是人家心眼儿好。管他人高人矮呢，心眼儿好比啥都强。女人就是女人，再走到哪儿，不也是个嫁人？我不后悔，真的不后悔。我就是后悔没看住二弟，我要让他少吃一碗面，他也撑不死了，我就是后悔没看住他，我那会儿也不知是咋啦，睁着个眼啥也看不见，就和个傻子一样。我真是后悔没看住二弟，我要是看住他，说啥也不能叫他吃最后那一碗，不吃最后那一碗，二弟就能跟着你们回老家了。

爹还哭。娘也还哭。弟弟妹妹们也都是哭。

我没哭。我哭不出来。我说，都别哭啦，哭啥呀哭？再哭不也是个走？都快走吧你们，都别哭啦你们。你们不走，我就回村啦我。

娘就坐在黄土道上，娘的手巴掌把黄土地拍得啪啪的响，娘就嚎起来，娘说，暖玉，暖玉，暖玉呀……娘这一辈子可咋活呀，娘这不是害了你吗……啊？……

我就蹲下抱住娘。我说，娘，你哪能这么说呀娘，咱们不是活下一家人了吗，娘。

我哪能不哭呀我。我又不是石头。

等到我怀上娃娃了，那个短命鬼才告诉我，那口袋玉米是队里的，那头小毛驴也是队里的，办喜事用的粮食、菜、油，都是队里的。我问他，你给我说说，到底是你娶媳妇呀还是队里娶媳妇？他抱着脑袋不言语。我说，你倒是说不说呀你！他放下胳膊转过脸来，他说，暖玉，天柱说大家的事情就得大家办。我说，什么大家？你他娘的给我说清楚。他就哭了，他说，暖玉，暖玉，你不看看我们矮人坪的男人多可怜呀，一村子大大小小的尽是光棍儿，不是你们家逃荒往这儿嫁闺女，哪有女人往这儿嫁呀。他站在锅台边上，一张脸比锅盖高不了多少，那副哭相真是叫人又害怕，又可怜。我说，你别跟我说什么可怜不可怜，你给我说清楚你们到底想干啥你们，你们这一群矮畜牲。锅盖边上的那张脸一眨眼看不见了，就听他在锅台下边说，暖玉，暖玉，我也不想这样，我给你跪下起誓，我把欠队里的东西都还上还不行吗。你别生气，你别哭，我给你起誓，我告诉天柱就说你不愿意，我也不愿意，我把欠他们的都还他们。我要办不到就让我变牛变马，就让我立马咽气还不行吗？

他起啥誓呀他，他个短命鬼，没等小翠生下来，他就死了他。

爹——！娘——！二弟呀二弟——！

老天爷，老天爷，我操你的祖宗老天爷——！

四

我就把她揽过来，我就使劲。她就叫。这女人真是个好女人呀。暖玉暖玉你真是个好女人呀你！这一会儿就是拿个活神仙、拿个老天爷跟你换，你也舍不得。我就又使劲，她就叫，又叫爹又叫娘，叫着叫着，吓了我一跳，她叫，二弟呀——二弟——！我就停下来，拍拍她的脸，我说，暖玉暖玉暖玉，你醒醒你，你咋叫开你弟弟啦你？你弟弟不是死了吗？她流了一脸的泪水，一脸的泪水抹得我满手都是。她睁开眼睛，骂我，谁他妈 × 叫你停了你？谁他妈 × 叫你停了你？你管我叫谁呢？我爱叫谁就叫谁！二弟！二弟！二弟呀——你害了小翠啦你！她就呜呜地哭起来。这女人真是个妖精，你啥时候也摸不透她的脾气，这么高兴的时候嘴里叫的都是些死人。我搂着她，我说，行，行，你叫吧，叫吧，想叫谁叫谁吧你。

我就想，啥时候才能把那句话告诉她？我也是革命革了这么多年的人啦，我还从来没有为了这种事情作难过呢。公社主任我也是当了十来年了，走到哪儿也是我领导别人呀，怎么就叫这么个女人把我给领导了呢？那句话我在心里存了二三年啦我，到底让我存到什么时候算是了呀我？要按现在这革命形势，我这句话是有一点太冒险，可总不能存到自己见马克思的那一天吧，啊？革命也没说不许离婚，不许娶女人吧，啊？我离了婚，娶了暖玉，也还是干革命工作，也不违反什么原则吧，啊？再说公社主任也是人呀。我在这么个又穷又偏狼也不搭窝的地方干了十几年了，从来没有向党说个不字，我跟我老婆说一回不，也不违反什么原则吧，啊？再说这是个啥样的女人呀，嘿，啥样的呀！

我就又揽过她，又使劲，我就问她，暖玉暖玉，除了我你还和谁呀你？她喘得顾不上理我。我就还问，除了我你还和谁呀你？你倒是告诉不告诉我呀你？

嘿，这是个啥样的女人呀！天爷！

我就愿意这种时候问她，这种时候她说的都是真话，我早晚有一天要从她嘴里问出一句真话来。我这一辈子勤勤恳恳干革命工作，从来就没有冒过险，要冒险我也得为一句真话冒险吧，啊？

她说，我累了。她说，你看，我弄出一头的汗来。她就要穿衣服。

我说，别穿。我还想看看。

她说，看啥呀看，弄完了还不叫人穿衣服。

我说，暖玉，我想问你一句话。

她说，问啥呀问，成天就是问来问去的。

我说，你得跟我说真话。

她就拽衣服，她说，连人都给你了，还有啥是假的。

我说，你要是说真话，我也告诉你一句真话。你说你除了和我还和谁睡过。

她看看我，她说，我又不是你老婆，你管我还和谁睡。爱和谁睡和谁睡。

我说，当然我要管。我想娶你当老婆。

她又拽了拽衣服，她说，当小老婆吧？

我说，不是，我不和你开玩笑。我要跟我老婆离婚，离了婚再娶你。

她说，你是忘了姓啥了吧？

我说，我姓刘，叫刘长胜。你看你这人，你得让我咋说你才信呀你！

她说，刘长胜，你把离婚证拿来给我看看，我就信。

阳光透过窗户上的麻纸照进来。把暖玉的身子照得清清楚楚的。我把她刚刚披上的衣服又脱下来，我说，我就豁出去犯一回错误，受一回处分啦！一个人也不能成辈子就憋在这穷山沟里，成辈子就干革命工作，就不能为自己办一件事情啦，啊？我就豁出去不当这个主任啦我！

暖玉不说话，暖玉光着个身子坐在炕上冲着我冷笑。

我说，你别笑，我传达完中央文件就回公社办这件事情去。

暖玉说，那我就等着太阳从西边出来一回。

五

等我睁开眼，小翠就死了。我是天快亮的时候睡着的。一连熬了三天，天快亮的时候我实在是熬不住了，我就睡着了。等我睁开眼，小翠就死了。我就把衣襟拽开，把小翠杵到奶头上，孩子不张嘴，奶水流了孩子满脸。我就叫，翠儿、翠儿、翠儿呀翠儿……

等我再睁开眼，小翠身上都硬了。

我就看见二弟坐在炕头上，我说，二弟呀，我不是和你说好了吗，等姐死了埋在你身边，跟你就伴儿；你咋这么着急呀你，小翠还是孩子呐，才十个月呀，你咋这么急呀你！

二弟说，姐，我饿。

我说，你饿我也没法子呀我，我得埋小翠去呀，哪顾得上给你做饭呀我。

二弟说，姐，我饿。

我就又把衣襟拽开，奶水流了一脯子，我说，你饿你就先吃奶吧。

二弟就扑到我怀里。

我就哭了，我就说，二弟呀二弟呀二弟呀，你害了翠儿啦你……你咋这么着急呀你，翠儿才十个月呀……

二弟说，姐，我饿。

我就哭，我就说，弟，你饿你就吃吧。等翠儿去了你可得护着她点，她才十个月呀她。

等二弟走了我就给小翠做衣服。衣服还没做好，村里的婆姨们就来了。婆姨们说，按这儿的规矩小娃娃死了不能埋，得撂到山上野坡里去，要是埋了，死孩子就能成了精，就要回来再拉别的孩子走。我就放下针线拿起菜刀，我说，你们这群龟孙子都给我出去吧你们，我可不是你们这儿的人，我才不管你们这儿的龟孙子规矩。婆姨们就呜里哇啦的朝外跑，婆姨们就喊，这媳妇是疯啦这媳妇！这媳妇要杀人啦这媳妇！

等把衣服做好了，我就把小翠打扮得跟朵花似的，我就把花埋在二弟身边。埋好了我就说，二弟，你可给我好好护着翠儿呀你，你这当舅舅的可不能白当呀你。我就说，翠儿，就在这和你舅舅就伴儿吧你，你要是饿了就叫妈，妈把奶都给你挤到这。我就拽开衣襟，就把奶全都挤出来。我就说，翠儿，翠儿，你好好喝吧你，妈的奶多着呐。

我就天天在家做饭，天天给他们送，我不能饿着那俩孩子呀我。

拐叔说，我送了三天饭。第三天夜里，我端着碗在窗户底下看见拐叔了。

我说，拐叔，你咋不回家睡觉呀你？

拐叔说，暖玉，别送啦。

我说，你咋不回家睡觉呀你？你没见天都快亮了？

拐叔说，暖玉，我都在这蹲了三宿了。

我说，你不困，拐叔？

拐叔说，暖玉，我是怕你出事情呀。人死了哪还会吃饭呀暖玉，你不想想？小翠和你弟都是死人了，他们哪还会吃饭呀？

我就一下明白过来了。我就坐在门槛上哭起来。

拐叔说，暖玉，想哭就哭吧，你还是多哭哭吧你。天柱他们几个人还在坟地里等着呐，大伙都是怕你出事情呀。

坐在门槛上拐叔就比我高了一头，拐叔把手放在我头上，拐叔说，你可真叫人不放心，你可真叫人心疼呀你。

我就扎进他怀里哇哇地哭。

我就说，拐叔，拐叔，我真想也变成个瘸拐，变得跟你们一样。我真是孤单死啦我。

拐叔就叹气，拐叔说，哎，瘸拐是人，不瘸拐也是人，是人就得受人的罪，人活一世其实就是受罪这两个字。想想也真是没意思。哭吧，哭吧，想哭就哭哭吧。

后来，我就依了天柱他们。我说，天柱，你们不用操心了，我哪儿也不去，哪儿也不走，我就死在矮人坪了。你们不给我记恁高的工分，你们不给我担水、劈柴，我也答应你们。我不走。

天柱说，那不行，我们得讲信用，得对得起人。我们得供养你。

我就笑。

天柱也笑。

然后，我就哭。

天柱说，你看你，你看你……

六

我拿了窝窝就往外跑，她就哇哇地叫，我不理她，还跑，反正她也不知道我去哪儿。一拐过山墙差一点撞上他，我就骂他，你妈×瞎啦你，专门站在这撞我呢？他就说，哥，我也跟你去。我说，去啥呀去？去哪儿呀去？他就说，我看见你拿窝窝了，我知道你去哪儿。我就捣了他一拳。他就哭起来，你不带我去，我就告给爸……你不带我去，我就告给爸……我说，二狗，别哭，你哭你妈啥呀你哭，你要敢告给爸看我不捶死你！他还哭，你不带我去……。我只好说，行，跟着吧你。钻水洞的时候你麻利点，你要是弄出声来看我不捶死你！他就笑了，他说，能行，哥。我俩就又跑。

趴在水洞口上，我就叫，黑头，黑头。黑头就从水洞里钻出来，我把窝窝塞给它，我说吃吧你，我给你抹了羊油了。黑头吃窝窝，我俩就钻进水洞，悄悄地趴在窗户底下。二狗就拽我的衣服襟，哥，哥，我啥也看不见。我赶紧低下头咬着牙说，你小声点，招呼叫他们听见，我捶死你个日的。我就又趴在窗户根上，眼前黑乎乎一片，我也是啥也看不见。过了一阵，我才看见了。还和以前一样，还是都不穿衣服，都光屁股，一会儿这个在上边，一会儿那个在上边。看了一阵，还是这样。我拽了拽二狗，我说，咱走吧。二狗噘起嘴来。我不理他，自己又从水洞里钻出来。跟着，二狗也出来了。我就知道他没有胆子一个人待在那儿。

二狗坐在地下嘟哝，哥，我啥也没看见。

我说，不好看，就是俩人都不穿衣服，都光屁股。

二狗说，暖玉也光屁股？

我说，光。

二狗说，那有啥呀，咱妈光屁股我也见过。

我说，就能死你啦就，她能和暖玉比？你也是成了傻子啦你。

黑头也钻出来和我们扎堆儿。黑头闻闻我，又闻闻二狗，然后脸对脸地坐在我俩对面。我说，你狗日的傻得连黑头也不如你。黑头舔舔我。

我说，等我长大了，我不当瘤拐，我要和苦根儿一样高，我就娶暖玉给我当媳妇。

二狗说，我也不当瘤拐，我也娶暖玉当媳妇。

我说，你真傻死啦你，我娶了暖玉，你就不能娶啦你，知道不？

二狗说，为啥呀？咱爸说过，暖玉是队里的暖玉，不是谁一个人的，你别想娶上，谁也别想娶上。

我就捣了他一拳头，我说，我捶死你个傻瓜！以后再不带你来啦！

二狗就哇哇地哭，他一哭就和她一个样，哇啦哇啦的真难看。

七

我到底把衣服拽过来了。他就又伸过手来握住我的奶，我推开他，我说，你就没够啦你？你拿我这儿当啥啦你？牲口圈？你想让我光着身子给你做饭呀？你不冷我还冷呐。他就涎着张脸嘿嘿地笑。

苦根儿是我这辈子见过的天底下独一个好人，只有人家苦根儿才是从来不为自己打算，整天价不是光想着他那些道理就是光想着别人。倒不是说他不上我这来我就说他好，真要让我嫁人，我倒是真想嫁给苦根儿。苦根儿人长得不赖，又不是瘤拐。再说，苦根儿这人特别真，真的天底下难找第二个。可惜，人家苦根儿从来就没这样对我笑过。你嘿嘿啥呀你嘿嘿！

我就说他，你到底穿不穿衣服呀，你看你光着个身子哪像个主任呀你？

他还是笑，嘿嘿，在你这儿我还装什么主任呀，在你这儿我就是刘长胜。

我说，刘长胜你别不害臊啦，快穿衣服吧。有本事，待会儿开会你也光着屁股。

他还是涎着脸嘿嘿地笑，可脸上到底有点挂不住了，他说，你看你说的难听不难听，哪有传达中央文件光屁股的。

苦根儿也叫我这么呛过一回。苦根儿刚进村没多少日子，就找到家里来了。一进门，苦根儿板着张脸，苦根儿说，秦暖玉同志。我就愣住了，这是叫谁呢？接着我就笑，笑得气也喘不上，我说，呦，敢情我就是你的那同志呀，你叫我暖玉不就行了吗。苦根儿说，秦暖玉同志，我要和你谈一谈。我说，你就别麻烦了你，有话就说吧。苦根儿说，秦暖玉同志，你作为一个女同志要注意影响。我说，啥影响？苦根儿说，你应该注意和村里几个男社员的关系，你这样做影响很不好，你这样做也不符合贫下中农的本色。我就把脸沉下来了，我说，苦根儿，我不知道什么叫影响，也不知道你的那本色是红的还是绿的。我就知道我们一家人活活地快饿死了，我就知道矮人坪的人救了我们一家人。苦根儿说，那你作为一个女同志也不能不注意影响，这是一个生活作风问题。我一把就把衣服拽开了，我把两个奶子堵到他脸跟前，我说，你少和我说这一套酸话，你是不是嫌自己没占上便宜呀你？你们这些臭男人想什么我还不知道？你过来呀你！你不是就想占占姑奶奶的便宜吗！我真没想到苦根儿的脸会红成那个样，苦根儿猛一下把手捂在眼睛上，苦根儿说，你……你……苦根儿一边喊一边跑。我就坐在门槛上笑开了，笑得直流眼泪，我就说，让你看看女同志的本色就把你吓成这个样啦……还有本色没让你看见呐……能吓死你……。从那以后，苦根儿一和我对眼睛就脸红，他一脸红，我就想笑。我就爱看他脸红。

我说，你什么时候也知道个害臊，什么时候也能脸红一回呀。

他听不懂，还是嘿嘿地笑，他说，我一个大男人脸红啥呀我。

我说，我这一辈子也甭想碰上个会脸红的男人了。

他还是听不懂，他说，想看脸红还不好办，我给你喝二两！

我一下子没忍住，眼泪流下来了。

他说，你看你，你看你，好好的，又哭开了你。

我不理他，只管哭。

后来，我就不哭了。穿上衣服，洗洗手，给他做饭。

他拿过温好的酒壶连倒了三盅，脸上顿时红得像是泼了血。

他说，咋样，红不红？

我说，红。

除了说红我还能说啥呀我？我怎么就不是个哑巴？

八

我就想，算啦，不用和他们说啦，自己闷着吧。

我就站到石台上把草料先倒进槽里，几头驴慌慌地把嘴挤进来。我就骂他们，嘿呀，真是都成了小娃娃家啦你们，一说吃就急死呀，就不知道谦让谦让？就不知道个害臊？我看看谁再挤？我看看谁再挤？听见我骂，他们就害臊了，就都挺着个脖子从槽边上退回去，大眼睛滴溜溜儿的看着我。我就心软了。我就哄他们，不是不叫你们吃，这不是还没拌好呢吗，还没放麸子，还没放豆饼，光是干草有啥吃的呀。

我就赶紧放麸子，放豆饼，赶紧舀了两瓢水，赶紧拌搅。让水一浸，麸子和豆饼的香味就漫出来了。我拍拍手上的渣子，说，行了，吃吧，快吃吧。他们就又一齐把头伸进槽里，咯嘣咯嘣地嚼起来。我说，香吧？他们就都摇摇耳朵，都答应我。我依在马槽边上看他们吃，我就爱听他们咯嘣咯嘣地嚼，听着比唱戏还好听。吃着吃着，二黑撞了大黑一头，我赶紧伸手挡住大黑，我说，行了行了，亲弟兄俩不打架，你是哥哥，你让他一回。我又骂二黑，二黑二黑你害臊吧你，你再闹我就不让你吃啦你！你看看人家黑妮老妮多听话呀，啊？你真是不知道害臊呀你！这么骂着我又摸摸二黑的头，二黑就把脸拱到我怀里来。这个二黑，精着哩，可是知道谁心里偏着它。天底下当爹妈的哪有不偏心的呀。

我把门帘子放下，把马灯放在窗台上，坐在那张凳子上看着这一家子吃饭。我老和天柱说矮人坪其实不是九户，是十户，你说啥也得加上我这一户。天柱就笑，就说我是想媳妇想疯啦。天柱就说，能行，拐叔，赶明儿个我们扎个轿子，把黑妮抬到你炕上去，给你俩成亲。我也笑，我就说，成亲就成亲，黑妮长得也不丑吧。天柱说，丑？说哪去啦你？瞧那耳朵，瞧那脸，要多俊有多俊，要多长有多长！我俩就笑，笑得眼泪直流。

坐在这就能看见里屋炕头上的灶火，火苗子旺旺的，锅里煮的黑豆快熟了，坐在这就能闻见香味。马灯明明的，圈里挺暖和。他们吃得真香甜。哎，来世上走一遭，有人心疼就是福气，他们这几个也不知道懂不懂自己的福气。真恨不能再长出两条腿来，真恨不能也和它们一样站到槽跟前。那多舒心呀，有吃，有住，有人心疼。也不用问人家传达不传达，也不用管他们清理不清理。

我就想，算啦，不用和他们说啦，自己闷着吧。

她就掀开门帘走进来，冲着我哇哇地伸手。

我说，你真是比牲口们还来得准呀你，一个炒豆饼就恁好吃？

她还是哇哇地伸手。

我就进里屋给她抓出一把来，杵到她手里。我说，吃吧你，黑呀，天天给，天天给，倒把你喂熟啦！天柱哪一天饿着过你呀？

她就咧开嘴，满脸的笑。咯嘣咯嘣地嚼。

我撩开门帘，我说，快回家吧你，别让天柱在家着急。

她还是笑，还是嚼。走出门去还是哇哇地叫。

天刚黑透。黑天黑地的黑得太深沉，眼前看不见山，看不见树，看不见房子，就听见哇哇哇哇的喊声从黑天黑地里传过来。

哇哇哇哇——呀——！

你说啥叫享福，啥叫受罪呀？心里头啥也不知道就是天大的福气，心里头越明白就越是受罪，明白越多受罪越大。二黑你说我说的对不对呀，啊？算啦，不用和你们说啦，自己心里闷着吧。

天真黑呀，黑天黑地的，啥也看不见。人要是两眼一闭，也就是这个样吧，啊？

九

掀开锅盖，热气一下子把灶台上的油灯扑灭了。窑洞里黑得啥也看不见了。三狗就吱哩哇啦地哭。她就哇哇地叫。我举着锅盖不能动，就叫，大狗，大狗，快你妈×的找洋火点灯呀，和你妈一样也他妈×的傻啦你！大狗在黑影里嘟哝，我这不是找呢吗，三狗，别你妈的哭啦行不行！大狗点着了灯，她就又哇哇地叫。我把锅盖放下，又连笼圈端下玉米面窝窝。我推了她一把，你就急死啦你，你就急死啦你，没看娃娃们还没吃？没看我也还没吃？我吃了饭还要开会呢。你急啥呀你，坐下！

给娃娃们拿了窝窝，盛了米汤，又把咸菜放到炕桌上。我说，大狗，招呼二狗、三狗、四狗吃饭。我赶紧又盛了一份放在灶台上，我说，行啦，别哇哇啦你，吃！不是生了这四个儿子，我早就扔了你个狗日的了你。

等到自己端上碗，看见灯影里这一窝子人，我就泄气，真还不如钻到圈里和我那群牛一块儿吃去。我日他一万辈儿的祖宗！

下午我就到暖玉的院里去过，狗日的，大白天就顶上院门了，这杂种有口喘气的工夫就要上一回呢，忙死你！大狗，快些，四狗的米汤洒啦，你当哥哥的光顾自己啦你，就不能让人吃一顿安生饭？行啦三狗，别哭啦，再哭，我捶死你个日的。

一回头，我就看见拐叔了。屋门没关，他进来连一点声音也没有。

我说，拐叔，吃啦？

他说，吃了。

我说，烟笸箩在炕头上自己拿吧。我就接着喝米汤。他不说话，一锅接一锅的抽烟。我看出来他有心事。我说，咋啦拐叔？

他说，刘主任来了。

我说，我知道，下午暖玉的院门倒叫他娘的顶上了。

他说，天柱，人家这回是要清理队伍，整顿阶级，其实人家是要清理我呢，又是要找我的事情。天柱，你说这回能不能换个别人呐，不能回回都是我呀。

我放下米汤碗，我说，拐叔，你看这事情是个麻烦事情，它不是我说了算的。再说咱矮人坪就你这么一个成分高的，再说还有苦根儿那个尿娃，一天到晚非要斗这个、批那个，非要弄出个成绩来不行。自从他来了，咱矮人坪就没安生过一天，又要修水渠，又要造啥大寨田，又要科学养猪，又要阶级斗争，自己还要天天黑夜熬上个灯写书。这尿娃非要弄出个成绩不行。

拐叔说，清理了我，就算有了成绩了？

我咬了一口窝窝，我说，说不好，反正苦根儿非要弄出个成绩不行。

拐叔说，那些地都是我哥哥的，又不是我的，我就是给他照看照看。

我说，拐叔，我要是你，土改的时候早走他娘的啦。

拐叔不说话了，又一锅接一锅抽烟。抽了一阵，拐叔说，清理就清理吧，人家公家让清理呢，咱老百姓还能不听人家公家的？天柱，你也别发愁，我也不是怨你，我就是想找个人叨絮叨絮。

我就说，拐叔，忍两天吧，忍两天等刘主任一走，这事情也就过去啦。拐叔就点点头，又接着抽闷烟。

她就又哇哇地叫。我说，又叫你妈×啥呀叫？她撂下饭碗一扭一扭地扭到院子里，正当院里蹲下就哗哗地尿，尿完又不提裤子，直通通站起来又是哇哇地叫。我走出去打了她一巴掌，我说，你就这么不要脸你？打了你多少回了，你就记不住？我打死你个不要脸的你！

拐叔就在窑里劝，算啦吧天柱，她一个傻哑巴，你不是白打？白骂？要说能给你生下四个儿子也算是有功劳啦。你就别打啦你。

我给她提上裤子，把她拉回窑里，又把她推到炕上。我说，大狗，招呼你妈、你弟弟们睡觉，我得开会去。我拿过躺柜上的铜锣，我说，走吧。

站在当院里我使劲敲了一锤，咣——！又敲了一锤，咣——！开会喽——！

拐叔说，这面锣年头长啦，闹日本鬼子的时候就敲它。派人站在村对面的山头上，看见日本兵来了就敲锣，大伙就跑。那时候你妈跑不动我还替你妈抱过你呐。

我使劲敲，咣——！咣——！

拐叔没再说话，拖——拉，拖——拉，走了。走远了，听见他叹了一口气。

远远近近的听见门轴吱呀吱呀的。高高低低的看见点着的马灯和麻秆晃晃悠悠的。

我又使劲敲了一锤，咣——！开会喽——！

一扬头，嗬，满天的星星。真稠！真透亮！

好像啥时候还见过这么一回……对了，是在我妈怀里，半夜里睡醒了，一身的露水，一抬头透过树枝子的空当看见满天的星星，我妈一把捂住我的嘴，我妈说，不敢出声，招呼叫鬼子听见！满天的星星就一下子全掉到我眼睛里来了。

十

烟很多，人很乱，灯光很暗。刘主任的脸很红。但是，他很激动。他就把眼镜戴上了。

配眼镜的时候，店里的那个老头问他，学生，配近视镜？他说，不是。老头说，远视镜？他说，不是，我就是要戴个眼镜。老头就笑了，就拿过这个眼镜。老头说，那就戴这个平光镜吧。他说，行。戴上眼镜，他照了照镜子，唔，是黑镜框，和那个作家的眼镜差不多。老头说，学生，是要考大学吧。他笑了，他说，不考，我要去矮人坪下乡。老头说，去哪儿？他说，矮人坪，离县城最远的村子，一百六十五里。镜子里老头的眼睛瞪得像一对儿绿核桃。他没再说话。这个眼睛瞪得像一对儿绿核桃的老头怎么可能理解自己呢？他怎么能知道当县委陈书记问自己的时候，自己也是这么说的。苦根儿指着书记办公室墙上的地图说，我就去这儿！苦根儿的手指着地图上那个最远的小黑点说话的时候，他还不知道那个村子叫矮人坪，还不知道矮人坪有大骨节病。陈书记激动地握着他的手，陈书记说，好孩子，有志气，像个革命烈士的后代！戴上眼镜他就在县城的大街上昂着头走了几趟，县城的人一多半都是些熟人，看到那么多熟悉的面孔上惊讶的表情，他很满意自己这个配眼镜的决定。他希望自己在一切方面都应当与平常人不可同日而语。

他很激动，每一次看见毛主席亲自批示的文件他都激动不已，毛主席的指示能够越过千山万水来到矮人坪这件事情本身，就是一个奇迹。苦根儿很激动地透过眼镜，用自己的嘴把毛主席的话一字一字念了出来：

“在我看过的同类材料中，此件是写得最好的。”

窑洞里烟雾腾腾的，很乱，刘主任有些不耐烦了，刘主任说，都他妈 × 别说啦你们，是听毛主席说呀还是听他妈 × 你们说呀，啊？咋这么没个自觉性呀，啊？就他妈 × 一点也不知道党中央的政策有多重要？呵斥声中窑洞里顿时安静下来。刘主任说，行啦，大家听赵卫国同志给咱们接着念，苦根儿，你念吧。

苦根儿推了推眼镜，平光镜片的后面露出一丝冷笑。苦根儿觉得刘主任和自己有很大的不同，刘主任根本不理解群众。群众的眼睛是雪亮的，你今天下午刚刚在这盘土炕上睡了暖玉，你睡暖玉的时候身上就装着中央文件，你说，你怎么能叫群众信任你呀？你当着中央文件的面，把暖玉的衣服一件一件的都脱光啦，把自己的衣服也脱光啦，你叫群众还怎么关心政策呀你？群众现在就关心你和暖玉的事情。这根本就别想逃出我的眼睛。也别想逃出赵英杰的眼睛。

刘主任说，苦根儿，快念呀你。

“……我们也组织群众大学毛主席在无产阶级专政下进行革命的理论、方针、方法和政策，大批中国赫鲁晓夫及其代理人阴谋颠覆无产阶级专政，妄图在中国复辟资本主义的罪行……‘树欲静而风不止’，阶级斗争是不以人的意志为转移的……”

知道赫鲁晓夫是谁吗，啊？是哪一国的，啊？知道中国的赫鲁晓夫是谁吗，啊？毛主席说，要时时刻刻警惕睡在我们身边的赫鲁晓夫，知道吗，啊？啥他妈×的也不知道，就知道睡在身边的是你老婆，那还不是等着资本主义复辟吗，啊？知道什么叫“树欲静”吗，啊？树欲静就是说树它倒是想停住，想歇歇。可是风他妈×的一股劲地刮，一股劲地刮，刮得你想停也停不住，想站也站不住。阶级斗争也是这个样，也是他妈×的不由人，你想不斗也不行！知道了吧？这都是原则！你念吧，苦根儿。

“组织群众忆苦思甜，吃忆苦饭，演忆苦戏，唱忆苦歌；……有一次吃忆苦饭的时候，大家一边哭一边吃忆苦饭。还有的唱《不忘阶级苦》的歌。大家在这个时候对中国赫鲁晓夫越批越气愤，一气之下，就把本厂一小撮走资派提到食堂，就地批斗了一番。”

咱们矮人坪也得忆苦思甜，也得忆一忆旧社会的苦，想一想新社会的甜。忆苦歌都会唱吗，啊？没听过？我给你们唱两句儿，天上布满星——，月牙儿亮晶晶——，生产队里开大会，诉苦把冤伸——，万恶的旧社会，穷人的血泪仇——噢，噢，噢。千头万绪，千头万绪，涌上了我的心——，止不住的辛酸泪，挂——在——胸——。行啦，先唱这两句儿。明白了吧，有仇才有恨，有恨才有劲，有劲才能斗得狠，斗得准，斗得胜。你们说说，咱矮人坪到底应该斗争谁呀，啊？叫你们说又都不说啦，又都哑巴啦，啊？说话呀！

窑洞里的气氛有些活跃起来。大家没想到刘主任还会唱，没想到刘主任的嗓门儿还挺豁亮。天柱说，嘿嘿，刘主任，再给唱一段吧，怪好听的，你再唱一段，我就给咱唱一段蒲剧《窦娥冤》，也是挺苦、挺凄惶的。暖玉从人堆里挤出来倒了一碗水端到刘主任面前，暖玉说，给，喝口水。刘主任很兴奋，很高兴地端起碗来一饮而尽。刘主任说，你们别以为我喝醉了。才一瓶酒哪球够我喝的？那一回在县里开会，我们几个公社主任凑到一块连划带喝，我一个人就干了狗日两瓶，我哪醉了我？差球的远他妈×哩！苦根儿，念吧你，接着念！

“有一个反革命分子，这个人被戴上反革命分子的帽子以后，在她劳动的时候，她瞅着管她的民兵一疏忽，就以最快的速度冲上了女宿舍的四楼，跳楼摔死了。当然反革命自杀是难免的，但是少了一个反面教员。……”

刘主任看着缩在墙角里的拐老五说，大家想一想，咱们矮人坪的阶级敌人是谁呀，啊？拐老五没有抬头，但是他分明感觉到了落在自己身上的逼人的目光。

苦根儿还是很激动。看着刘主任那一脸的凛然的正气，苦根儿想，你和阶级敌人睡一个女人，你是什么立场呀你？很激动的苦根儿忽然发现暖玉正在盯着看自己。自从来到矮人坪以后，苦根儿很快就了解到暖玉是一个特殊的女人，暖玉自己的丈夫死了，可是暖玉和村子里所有的光棍们都有一种秘密的关系。苦根儿曾经打算制止暖玉的这种行为，可是苦根儿立刻就发现了自己的尴尬，暖玉根本就不把自己放在眼里，暖玉轻而易举地就用自己的两只奶子把苦根儿打败了。暖玉这些所有的乖张和放浪，都被保护在一张又结实又隐秘的男人的安全网下边，矮人坪的男人们让她做最轻松的活，给她记最多的工分，矮人坪的男人们是心甘情愿地在供养着这个乖张放浪的女人。苦根儿实在想象不出来这个女人到底需要多少男人才能满足。在这么多的男人以后，她还要和刘主任保持这样的关系，而且她似乎特别喜欢刘主任。自从那次失败之后，苦根儿常常发现暖玉热辣辣的眼光会落在自己身上。每到这时，苦根儿就会陷入满腔的愤怒和尴尬，在这满腔的愤怒和尴尬之中就会燃烧着两只雪白的奶子，就会把苦根儿的脸烧得通红通红。看见自己的脸红起来，暖玉就抿着嘴笑。她一笑，苦根儿就会觉得自己的“不可同日而语”，稀里哗啦地从半空当中垮下来。苦根儿恨这个女人，恨她这种打不败的冷笑。苦根儿说，这是个妖精！暖玉经常在村子里和人说她受过的苦，说她二弟怎么先是差点饿死，后来又怎么活活撑死，说她一个十六岁的姑娘怎么才换了一口袋玉米，说她二弟一条命怎么换了一头驴。暖玉常常一面说一面哭。暖玉说这都是闹“跃进”闹的，哪有一亩地打一万斤粮食的呀。暖玉说这些苦的时候根本不分旧社会还是新社会，根本就没有一点阶级立场和阶级感情。毛主席说，严重的问题是教育农民的问题。毛主席这句话就是对暖玉这样的人说的！这样的群众怎么能不教育？他们怎么能理解我呢他们？根本就不可同日而语。他们怎么能理解我呀他们？我就是我爸，我是替我爸来改天换地来了，早晚有一天，我要把你这个抿着嘴冷笑的女人教育过来。赵英杰是不会害怕任何困难的，更不会害怕像你这么一个抿着嘴冷笑的女人！

刘主任突然很气愤地喊起来，这是谁他妈 × 的打开呼噜啦，啊？党中央的文件就这么不中听，毛主席的指示就这么不中听，啊？你就困死了你！谁再打呼噜今黑夜咱就不散会了，看看困得死人困不死人！苦根儿，给他们念，从头念！

“在我看过的同类材料中，此件是写得最好的。……”

又有许多烟在昏暗中又苦又辣地冒出来。天柱捏着自己的鼻子又睡着了，他害怕刘主任听见自己的呼噜。

十一

他们就都这么骨碌骨碌地看我。只要他一来，他们就这么骨碌骨碌地看我，恨不能把我咽下去。看吧，看吧，我偏要给他端过这碗水去。你们这群软骨头，把你们都绑在一块，你们也不敢碰他一手指头，你们除了骨碌骨碌地瞪着个大眼睛，什么也不敢干。等他一走，你们就全成了英雄了，就都骂他，多脏的话也吣得出来。那一回他刚走，天柱就把那匹叫驴牵来拴在我门口。天柱那个狗日的说，我说暖玉，你今黑夜就使唤它吧，这伙计的家伙尺寸大，比刘主任的家伙大多啦，不信你就试试。我就把一盆泔水泼到他身上。姑奶奶想和谁睡和谁睡，有本事你们谁出下彩礼把我娶回家里去，一村子的男人挡不住人家一个人，倒跑来找我的麻烦，你们也算是男人，你们那家伙都是他奶奶面捏的，都留着给母猪使唤吧！天柱就把泔水从脸上抹下来，跟我龇牙咧嘴地笑。天柱说，好我的活奶奶，就恁大的火气？这叫驴我自个儿留着给我那傻媳妇使唤还不行吗。男人都是贱骨头。我倒要看看今天谁敢站出来顶撞他，谁要是敢顶撞他，赶明儿我就真的嫁给谁。你们这群软骨头，连做梦都不敢对他说个不字。你们就在那瞪着眼睛骨碌骨碌干看着吧，我非嫁给他气死你们不可。

我把水端到他脸前边，我说，给，喝口水吧。

他就又嘿嘿起来，你嘿嘿啥呀你嘿嘿？一点也端不住个架子，你这么一嘿嘿哪还像个主任呀你？

我扫了他们一眼，我说，快喝吧，不够喝我再给你盛。

他们全都扬着头。他们的眼珠子全都快栽到地上了。二弟死的那一天也是这样，一院子的矮人都扬着头，全不说话，一院子骨碌骨碌的大眼睛。

他把脸埋在碗里的时候，我就转过脸去看了苦根儿一眼，我看见苦根儿的脸一下子涨得通红，我就笑了，我看你啥时候能变成个真男人。

等到他放下碗的时候，苦根儿的脸不红了，苦根儿说，刚才刘主任发动大家发言，我要谈谈自己的看法。我觉得咱们矮人坪虽然村子很小，但是，阶级斗争的形势却非常非常复杂。苦根儿看了他一眼，苦根儿说，有些同志丧失了阶级立场，在作风问题上和阶级敌人混在一起。毛主席教导我们说，“凡是敌人反对的，我们就要拥护；凡是敌人拥护的，我们就要反对。”可是有些同志就是偏偏要和敌人拥护的混在一起。毛主席说，“谁是我们的敌人？谁是我们的朋友？这个问题是革命的首要问题。”说了这些话，苦根儿又看了他一眼。苦根儿嘴上成天就是这些让人听不懂的绕弯子的话，苦根儿这一辈子也猜不着矮人坪的问题。苦根儿这一辈子也看不见那些骨碌骨碌的大眼睛。

听了苦根儿的话他笑了笑，他说，苦根儿这几年锻炼得不错，到底是进步了，啊。所以公社党委才同意苦根儿担任矮人坪的政治队长。他又笑了笑，又说，《毛主席语录》第三页第二段话是啥呀苦根儿？“我们应当相信群众，我们应当相信党，这是两条根本的原理。如果怀疑这两条原理，那就什么事情也做不成了。”是这么说的吧，啊？所以呀，你还是得相信党，你不相信那就“什么事情也做不成了”，是吧？

说完，他把碗递给我，他说，暖玉，给苦根儿也盛碗水喝，喝了水再让他念。

我接过碗来，看看苦根儿，又看看他。我看见窑洞里的眼睛都盯着他俩。

我盛了水，没给苦根儿，也没给他。我走到墙角递过去，我说，拐叔，快喝口水吧。不用回头我就知道，那俩人的眼瞪得有多大，心里有多恨我。活该！

十二

咋这么静呀，静得连一丝丝声音也没有，没有风，也没有云，就听见太阳在后脑勺上滋滋地响。我牵着奶羊钻出林子，啥也听不见，就听见太阳在后脑勺上滋滋地响。枪声炮声没了，哭声喊声没了，日本兵的膏药旗也没了。妈呢？爸呢？爷爷、奶奶呢？我渴，渴得舌头都短了。我拉过奶羊来，我说，兰子你别动，我就跪下吃它的奶。暖玉跟在后边，我说，暖玉，你不渴？你不喝口兰子的奶？暖玉说，我不喝，我的奶还多得没地方流呢。我说，那我就喝你的奶吧？暖玉说，不行。妈呢？爸呢？爷爷、奶奶呢？我就又拉过兰子，我说，兰子咱们回家吧。太阳就在后脑勺上滋滋地响。我先在场院上看见花头了，花头身子下边尽是血，把地都染红了，花头在地上哞哞地哭。我问它，花头，花头，你的腿呢？是谁把你的四条腿都给砍啦？花头不说话，花头就是扭着两只角看着我哞哞地哭，花头的身子下边是一大片红红的地。后来，我就看见苍蝇了，密密麻麻的在老神树上铺了一大片，像是铺了一块会活动的黑麻袋。我一走过去，苍蝇们嗡一下飞起来撞在我脸上。我就看见爷爷了，爷爷浑身是血，爷爷没有眼睛也没有舌头，爷爷的肚子割开了，肠子一直拖到地上，爷爷的旱烟袋也在地上扔着，铜烟嘴一闪一闪的。我就跑，我就喊，妈——！妈——！我在丑娃家的院子里看见妈，看见奶奶，看见丑娃的妈，丑娃的姐姐，看见村子里的女人都在院子里关着，身上都没有衣服，都是白白的站在太阳底下。我就听见太阳在后脑勺上滋滋地响。兰子在身子后头拱我。我说，暖玉，这是我妈，这是我奶奶。我就猛一下听见满院子的女人哇哇地哭叫起来。妈和奶奶都叫我，天柱！天柱——！天柱呀——你爷爷咋啦呀，啊？女人们都哭，都喊，不活啦，不活啦——叫畜生们糟蹋成这样还活啥呀……不活啦，不活啦……

女人们一哭，太阳就变成月亮了。

月亮从云里慢慢走出来，月亮说，哎，别哭啦你们，别哭坏了身子。

丑娃的爷爷也走出来，丑爷在村子里走来走去，丑爷的手里拿着我那面铜锣。丑爷一边走一边敲，一边敲一边劝，日本人来啦是遭天年，乡亲大家都不要怪见。丑爷就拿着锣坐在碾盘上哭，丑爷说，女人们呐，你们可不敢都寻了短见，你们要是都寻了死，往后谁再给咱矮人坪生娃娃呀……谁再给咱矮人坪生娃娃呀，啊？……哎嗨嗨嗨——女人们呐，都想开点吧，啊？……

我指着那个坟头说，暖玉，你看，这就是丑爷的坟。那边就是我爷爷、我奶奶的坟，还有我爸、我妈的坟。以后，我的坟也得在这。

暖玉点点头，暖玉说，这是我二弟和小翠儿的坟。我死了，也和他们埋在一块儿。

我就推门走进暖玉的窑里，暖玉连头也不抬。暖玉说，来啦。我说，唔。暖玉说，别人是没有媳妇上我这来，你有媳妇也来，你咋这么贪呀你？我说，暖玉，我那媳妇能算是媳妇吗？我那媳妇能算是人吗，啊？暖玉说，算不算反正也是你娶的，怨谁？我就上炕脱衣服。暖玉的炕真暖和，暖玉的身子真软和。舒服得你真想日他一万辈儿的祖宗！

我说，暖玉，你就嫁给我吧。

暖玉说，不行。你家里放着个傻媳妇，还想再娶一个？你做梦吧你！

我说，我真后悔！

暖玉说，后悔啥？

我说，后悔你不是我媳妇。

暖玉说，你做梦吧你！

我说，做梦？上哪梦去呀？能梦见我倒知足啦！我日他一万辈儿的祖宗！

兰子又在身子后头拱我，我就推它，我说，兰子，你拱啥呀你拱，拱得我这么疼。

刘主任就骂我，天柱！天柱！你他妈×什么队长呀你，啊？窑都快叫你狗日的震塌啦！你还要睡多香呀你？你这政治觉悟咋他妈×这么低呀你，啊？

大伙就都笑我，这么响的呼噜你狗日的梦见啥啦你？又梦见娶媳妇了吧?

我就笑，正和暖玉商量结婚呢，再迟会儿叫，就生下娃娃啦!

暖玉就骂。大伙就笑。

我说，拐叔，我爷爷叫日本鬼子用刀挑死那天是阴历七月初三吧?

拐叔点点头，拐叔说，是七月初三。

我说，我妈说那年我是七岁。

拐叔说，是七岁，那天你爷爷可村子找你找不着，哪知道你上坡里牵羊去了。你爷爷死了没有半个月日本鬼子又来了，你跑不动，我还替你妈背过你呐……

刘主任说，曹永福!

拐叔看看刘主任，不说了。我知道，拐叔是害怕。

十三

那碗水冒的热气都扑到脸上了，我把两只手在裤子上蹭来蹭去的，我扬起脸来。

我说，暖玉……

暖玉说，你倒是接碗呀你。

我说，暖玉……刘主任叫你给苦根儿盛水呢。

暖玉说，我听见了。这是我家，我想给谁盛给谁盛。苦根儿想喝自己盛。

隔着暖玉的身子我也想得出来有多少人在盯着这碗要命的水。我说，暖玉……刘主任叫你给苦根儿盛水呢。

暖玉一下子把碗杵到我嘴上，碗里的热水哗地冲了我满脸。

暖玉说，你喝呀你！

我就喝。脸上的水就朝碗里流。

喝完了，我赶紧站起来走到灶台上，赶紧又盛了一碗给苦根儿端过去。我说，苦根儿你喝水，刘主任叫给你盛水呢。

苦根儿不伸手，苦根儿说，我不渴，我也没叫你倒水。

我就举着个碗给苦根儿赔笑，我说，呵呵，呵呵……

我又把碗递给刘主任，我说，要不，刘主任喝……

刘主任说，曹永福我咋能喝你盛的水？

我站在人堆里举着碗，像是个要饭的。我说，呵呵……

没人理我。我又说，呵呵。

油灯底下，那么多的脸都一动不动地对着我。每张脸的后头都拖着一条又长又黑的影子。我就想，这是哪儿呀这是？

油灯底下大哥说，小五，就这么定了，你留下给咱守着这些地。我说，大哥，你和大嫂娃娃们啥时候回来呀？大哥说，别管啥时候，也得有人守着曹家的地。这是咱们曹家的根。人走到哪儿也不能拔了根呀。拔了根的人走出去就真成了野鬼啦。我就点点头，我说，大哥，我守着咱的根，你可早点回来呀你。大哥没说话，大哥点点头。大嫂也没说话，大嫂流得满脸都是泪水。大嫂说，来，娃娃们，给你小叔叔跪下……

油灯底下，那么多的脸都一动不动地对着我。每张脸的后头都拖着一条又长又黑的影子。我就想，这是哪儿呀这是？

大嫂说，来，娃娃们，给你小叔叔跪下……。油灯底下，一圈娃娃们的脸都对着我，我就说，咳呀，快起来吧，这叫干啥呀，这叫干啥呀？咳呀！泪水就从我脸上流下来。

油灯底下，那么多的脸都一动不动地对着我。每张脸的后头都拖着一条又长又黑的影子。我就想，这是哪儿呀这是？

我站在人堆里端着碗，没人搭理我，我活像是个要饭的。

我说，呵呵……

十四

就把我给冰醒了。伸手一摸，褥子湿了一大片。我就从被子里坐起来推她，你咋又尿炕啦你？你尿这么湿叫我咋睡觉呀你？你他妈×就不能不尿炕？看我爸回来不捶死你！

她就哇哇地叫。

我赶紧摇晃二狗、三狗、四狗，快起来，往过挪挪，别睡在尿里！快点呀你们！

我点着灯，跳下炕，从炕头的灶窝里捧了几把木灰盖住她的尿。钻进被窝的时候冻得我直打战。

等我长大了，打一辈子光棍，也他妈×不娶傻子当媳妇！一辈子也不娶！

十五

这女人！她就苗苗条条伸着两只嫩手给我把水端过来了，她就知道你渴，她就知道你想喝水，她就是心疼你。这女人！

她把碗端到我嘴边上，她说，给，喝口水吧。

我就笑起来，我接过碗，她就肉挨肉的紧贴着我的大腿坐在炕边上，馋得一屋子男人瞪着眼睛看。这女人！你就猜不透她要干啥。我正喝水，她又说，喝吧，不够喝，我再给你盛。我就又笑起来。这龟孙子穷地方，穷得啥也没有，可就是有个暖玉！那时候县大队的王政委问我，小鬼，多大了？我说，十三。王政委说，小鬼，将来革命胜利了，还愿意留在这里工作吗？我说，愿意，王政委的老家是南方的都能来我们这穷地方干革命，我就是本地人还有啥不愿意的。王政委就笑，就夸奖我，好，说得好。后来，王政委就牺牲了。王政委牺牲的时候，我们县大队的战士都站在王政委的坟前举着拳头宣誓，要给王政委报仇，要把革命进行到底。我举着拳头宣誓的时候根本就没想到，真的会在这儿当上这个主任，会把一辈子都放在这个山沟里，根本就没想到会碰上这个叫暖玉的女人。祖宗的，这条腿真能要了你的命！

这个苦根儿，真是个娃娃。给我念开毛主席语录了。我从十三岁起就给王政委当上警卫员了，我干革命的时候还枪子儿满天飞呢。你倒跟我论讲开立场啦？啥立场呀，啊？在黄土峪公社，党就是我，我就是党，我站到哪儿，革命立场就在哪儿！连球这点事情也弄不明白，你还跟我论讲什么立场呀你？糊涂！再说，刘备早就跟关羽说过，兄弟是手足，老婆是衣服；手足断了不能救，衣服破了可以换么。你个娃娃家连媳妇的边儿也没沾过，你知道熬媳妇是啥滋味么，啊？你知道这条大腿是啥样的吗，啊？我睡暖玉，是我要娶暖玉当老婆，这你知道么，啊？革命委员会才刚刚成立了两年，又想打倒呀，啊？啥都打倒了，王政委不是白白牺牲啦，啊？现在早不是打倒的时候了，现在是清理！知道吗？清——理——！

贴着我的这条腿真软和。我现在只有一件事情得弄清楚，暖玉这女人到底还和谁睡过。我革命一辈子，要冒险也得为一句真话冒险。这女人的腿是咋长的呀。等会儿散了会，我得好好地再问问她，到底还和谁睡过。毛主席说，“世界上怕就怕认真二字，共产党就最讲认真。”这事情能他妈×不认真吗，啊？你得给我说清楚，你到底还和谁睡过？到底还和谁？不是这么多人看着，我他妈×真想捏捏这条腿！有了这条腿，老子刀山也敢上，火海也敢下，谁也别想挡住我。

我喝完水把碗递给她，我说，暖玉，给苦根儿也盛碗水，喝了水再让他念。

她接过碗去冲我笑笑，她没给苦根儿，她眼睁睁地把水给拐老五端过去了。这女人，真他妈 × 一点阶级立场也不讲。你他妈 × 一万辈子也别想猜透她要干啥！拐老五呀拐老五，你真不知道天高地厚呀你，你真是吃了豹子胆啦你，你要是真有那事情，你就是找死！

他端着碗站在我面前点头哈腰的。

我说，曹永福，我咋能喝你盛的水？

我说这话，苦根儿听见了，暖玉也听见了。

我说的是，曹永福，我咋能喝你盛的水？

立场？知道王政委牺牲的时候我是啥立场吗？王政委倒下来的时候满胸脯的血，我就抱着王政委哭起来。我说，王政委、王政委，你可不能牺牲呀你……王政委睁开眼看见我，王政委就笑了，王政委说，小鬼……王政委就牺牲了。我就说，王政委、王政委我一辈子守着你，我哪儿也不去！这立场是念语录能念出来的吗，啊？我在这儿工作半辈子啦，从没向党说过半个不字，这是念语录能念出来的吗，啊？你不用跟我笑，今黑夜我非得好好拧拧你的腿。

十六

他把煤油灯挪到窗前的桌子上，然后捻大了火苗，于是，一片显得有些辉煌的金光从手中升起来，映照出苦根儿消瘦坚毅的脸。紧挨着桌子的墙壁上是一张头戴八角红星帽的毛主席像，苦根儿最喜欢这张像，因为这张像上的毛主席也有一张消瘦坚毅的脸，甚至从这张脸上你还可以看出一丝隐隐的惆怅。紧挨画像的是一幅中国地图和一幅世界地图，地图对面的墙壁上是一幅红底黄字的毛主席语录，“我们共产党人好比种子，人民好比土地。我们到了一个地方，就要同那里的人民结合起来，在人民中间生根、开花”。只要苦根儿抬起眼来，中国和世界就可以尽收眼底，苦根儿就可以把自己的理想，从这个狭小阴暗的土窑洞里放大成为一个宏伟的画卷。苦根儿特意挑选了这个全村最高也最偏的土窑，他知道，每当自己桌前的灯光照亮了窗户的时候，人们就会在矮人坪的最高处看见一片明亮的光芒。在这片光芒中有一张消瘦坚毅的脸，有一丝为着理想而生出的隐隐的惆怅。六年来，这个窗口每天最早迎接朝阳，每天最后送走晚霞。六年的时间，两千一百多个白天和夜晚，苦根儿的理想在每一个白天和夜晚之中充实起来。随着年龄的增长和成熟，苦根儿有时甚至庆幸自己是一个烈士的孤儿，一个孤儿也就是一个无牵无挂的人，也就是一个私心杂念最少的人，也就是一个天生全心全意为理想而存在的人。选中了理想和被理想所选中的双重喜悦，常常在苦根儿的内心深处激起难以言传的激动和自豪。为了这激动和自豪，苦根儿渴望一切苦难的磨练。每当夜深人静，在这孔土窑洞里深居独处的时分，苦根儿常常会沉浸在巨大的幸福之中。莽莽荒原，漫漫长夜之中这一片幽如星火的窗口所呈现的，就是苦根儿心灵的幸福之光。

他是六岁那年成了烈士遗孤的。六岁那年的夏天，他看见在长途汽车站当清洁工的妈妈大哭了一场，妈妈大哭的时候，手里捏着一个信封。妈妈一边哭一边说，苦根儿呀苦根儿，你命真苦呀。那时候他还不知道什么叫命苦，他只知道去朝鲜当志愿军的爸爸叫美国鬼子打死了，爸爸死了，自己就成了没有爸爸的小孩。一年以后，妈给自己买了一个新书包。妈说，该上学了，起个学名吧，别叫苦根儿了，你爸姓赵，百家姓里头一个姓，你就叫赵卫国吧。妈说这话的时候眼泪汪汪的，而且忽然就发起呆来，妈发呆的时候听不见别人说话，自己也不说话，呆得就像一只木头凳子。后来，等到自己上初中的时候，也是在夏天，有一天妈去上班就再也没回来。大人们告诉自己说，你妈叫汽车给轧死了，你妈正在扫院子，然后就站在院子正中一动也不动，一辆汽车开过来就把她给轧死了。大人们给他穿了一身白衣服，带着他跟在一口棺材后面，走到坟地。又叫他对着新坟跪下磕了几个头。大人们说，哭吧，哭吧，你哭哭吧。他没哭。他一直觉得自己脑袋里很乱。等到事情办完了，大人们都走了，独自一个人躺在床上的时候，他才终于清清楚楚地意识到自己的孤单。苦根儿不习惯这孤单。苦根儿恨这孤单。他趴到水缸边上喝水的时候，看见了自己的脸。他的脑袋里像打闪电一样的想起了一件极其重要的大事。他想，我妈就没死。他们就没打开那个棺材叫我看看我妈。那里面根本就是空的。我妈就没死，根本就没死。他们还要叫我哭。我才不哭呢。这样想着，水面上那张十三岁的男孩的脸，就被一串又一串的眼泪弄得零乱而又狰狞。后来，校长和老师说，赵卫国同学，你还是去孤儿院吧。他说，我不去。他从书包里拿出那个抚恤证，他说，我每个月都能领二十块钱，我有钱，我不去孤儿院，我是学生。我妈早就教会我做饭洗衣服了。再说他们就没有打开棺材叫我看看里面到底有没有我妈。苦根儿这样说的时候，满眼睛都是坚定冷峻的神情。苦根儿的坚定冷峻让校长和老师一阵阵的心慌意乱。校长连连说，那好，那好，那好。苦根儿更坚定更冷峻地说，不管好不好，反正我不去孤儿院，我是学生。校长说，那好，那就留在学校住校吧。校长又说，赵卫国同学，你要记住，是党和国家养活了你，你以后一定要听党的话。苦根儿说，我当然听。我爸是烈士。我妈说，我爸正在汽车里坐着，美国鬼子的飞机来了，扔下炸弹，我爸就牺牲了。我爸是烈士。我爸死了，我现在就是党的儿子，我当然听党的话，党就是我爸。校长和老师听得张口结舌。校长和老师觉得能留下这样的学生，简直是无上的光荣。

许多年里，在赵卫国同学的心里，一直保留着这幅父亲冒着敌人的炮火英勇前进的情景。在看过电影《上甘岭》之后，他越发清晰越发具体地听见敌机的呼啸和炸弹的轰鸣。炮弹划破空气的尖叫声，一直激励着他，一直叫他心潮难平。这难平的心潮终于在一个暑假的下午，变成了一部长篇小说的灵感。那个炎热的下午，伴着吵人的蝉鸣，苦根儿看完了一本叫作《山乡巨变》的长篇小说。打开封面苦根儿就看见了那位戴着黑框眼镜的作家，那里面说的是一位复员军人回到穷困的家乡，改天换地的故事。苦根儿在吵人的蝉鸣中合上书本时，决心也要写一部长篇小说。苦根儿要让爸爸在小说里复活。苦根儿决心要和爸爸一起生活在这个世界上。这个不可抗拒的想法在苦根儿的头脑中生根、开花，蓬勃得像一棵灿烂的向日葵。苦根儿想，我是党的儿子，我就是我爸。

苦根儿把那厚厚的一摞笔记本搬到自己面前，苦根儿有几分惊讶地打量着自己的生命，和父亲的生命，两千多天的每一天现在都已经停留在这些厚厚的笔记当中，变成了密密麻麻的字迹。苦根儿直到现在也还有些惊讶自己当初的决定，自从来到矮人坪的第一天，苦根儿就决定把长篇小说的写作和自己的日记合二为一。他在每一本日记的封面上都写下一个醒目的标题——《山乡风云录》。这些日记的主人公不是赵卫国，也不是父亲，而是一个叫赵英杰的复员的志愿军英雄。六年来，苦根儿从未有一天间断过日记，苦根儿把自己每一天的经历和感受都为想象中的父亲倾诉在日记上。苦根儿常常会因为激动的泪水而中断了书写。渐渐地，当苦根儿回过头去阅读它们的时候，他惊讶地发现，自己已经和父亲血肉相连生死与共，自己已经和父亲在赵英杰这个响亮的名字当中混为一体了。

苦根儿拿起笔来庄严地写道：

一九六九年十一月五日

到底做还是不做？六年来他第一次遇到如此尖锐如此不容回避的考验，他必须本着对革命事业负责的立场勇敢地做出决定，在这场你死我活的复杂的阶级斗争中，在这种严峻的时刻，对党的忠诚高于一切。赵英杰必须做出自己的选择。最高指示就是他指路的明灯……

十七

我站在山墙的黑影里不想动，听着人们零零散散地走远了，听着人们开门，关门。然后，就啥也听不见，啥也看不见了。你说要是大伙就这么都睡过去，都不醒了，明天太阳也不出来了，这世界是个啥世界呀？大概就像现在这样吧，黑咕隆咚的，黑得没边没沿儿的。真黑呀，眼前只剩下这推不走也散不开的黑。

我没拿马灯，留在家里了，我不愿意把他们留在黑屋里，我不愿意他们睡醒了，一睁眼黑咕隆咚怪害怕的啥也看不见。再说他们睡觉也惊醒，都胆子小，我不愿意吓着他们。我走夜路走惯了，就这么个小村儿走了四十五年啦，闭着眼走也错不了。人生一辈子其实就是走夜路，摸着黑走路，走一步算一步；睁开眼是黑的，闭上眼也是黑的。推不走，也散不开，你一点法子也没有，前边是黑的，后边也是黑的。当初在娘肚子里是黑的，死的时候两眼一闭往土里一埋也是黑的。都说人死了还有魂呢，也不知道魂儿们是夜里出来呀还是白天出来，要是夜里出来他们会不会走夜路呀？真黑呀，推不走，也散不开。

她就吓了我一跳。她说，拐叔。

我心里一炸，我说，谁呀你是？

她说，拐叔，我在这看了你一阵儿啦，你不回家，一个人立在这儿，你这是想干啥呀你？你这是咋啦你？

我说，好我的活奶奶，你还不赶快回去呀你？你这不是要我的命吗你？叫刘主任看见，我就别想活啦我！

她说，他敢！我又没有卖给他。我想和谁说话就和谁说话。他要敢管，他就别在我这儿住，他爱上哪儿上哪儿去。

我说，我得回去给他们上夜草了，你快回去吧你。你倒是走呀你！

我就走。

她说，拐叔，你没啥事情吧你？我在这儿看你半天啦。

我不理她，我还走。推不走，也散不开的，真黑呀。高一步，低一步的，全都是黑的。漆黑一团里她还在背后问，你没事吧你？推不走，也散不开的，真黑。

到底是到家了。听见门响，二黑的耳朵就动起来。一股热气扑过来，我说，二黑，把你吵醒了吧。二黑晃晃耳朵。我说，二黑，也该醒醒啦，我给你们上点夜草。这么冷的天吃不饱哪行呀，哪扛得住冻呀。他们就都醒了，都凑过来挤到槽帮上。我就把草料搅得唰啦唰啦响。他们就咯嘣咯嘣地嚼，嚼得真香。咳，这一辈子能和他们做伴儿也真是我的福气。看看，都多听话，吃得多香呀。

她差点没把我吓死，她在门外边叫我，拐叔，拐叔，你没事情吧，啊？

我炸出一头的冷汗来，我说，你今天这是咋啦你？你非要叫他看见不行呀你？我能有啥事情呀我？你快走吧你。

她说，拐叔，你怕啥呀你怕？

我说，你快走吧你，就算我求你啦行不行？

我正说着，她撩开门帘钻进来，从怀里掏出个酒瓶来杵到我手上。她说，给。她说，我真见不得你吓成这样，亏你还是个男人。撂下帘子她就走了。推不走，散不开的，一眨眼，黑得啥也看不见啦。

我认得这个瓶子，酒瓶里还剩下个底子，一扬头就干了。到底是午城货，一口酒一直烧到底。也不知道她揣了多大工夫，酒在她的怀里都焐热啦。

我就笑了，我说，二黑，今天是好日子，有酒。

二黑，你说说，我怕谁呀，啊？我有啥怕的呀，啊？人生一世，你怕也得活一辈子，不怕也得活一辈子，怕不怕，反正就是这一辈子。只要你还想活着，吃多大苦、受多大罪当牛做马，那也是享福。你要是不想活啦，天天让你当皇上，天天让你吃烙饼、喝香油，天天让你穿龙袍、坐轿子，那也是受罪。

二黑，你说我说得对不对呀，啊？

二黑把头埋在槽里咯嘣咯嘣的顾不上理我。好热的身子呀，冰天冻地的能叫她焐得这么热。到底是午城货，一口酒烧到底，烧得人晕晕乎乎的。推不走，散不开的，真黑呀。

我怕谁呀我？我根本就不是怕。二黑，你说我说的对不对呀，啊？都说人死了还有魂呢，二黑你说有没有呀，啊？有？没有？你倒是说呀二黑。

哎，你呀，你呀……真热呀。

十八

天太黑，黑得啥也看不见，听见她走过来，我就堵住她了。我说，你停停，我和你说句话。

她在我身边猛一停，她说，你个龟孙吓死我啦！

我扬着头，我说，我和你说句话。

她说，你们今天黑夜这都是咋啦？要不就躲着我，要不就追着我，咋啦这是？

我说，我和你说句话。我问问你，你是不是答应刘主任啥啦，啊？

天太黑，黑得啥也看不见，可我还是觉出她笑起来，她的白牙一闪一闪的。她说，答应不答应你也管不着，那是我的事情。她的白牙一闪一闪的，活像个妖精。

我还是扬着头，我说，我不是管你，我是觉得那个狗日的太可恶。我是怕他骗了你。

她真的笑起来，她说，真寡淡，连句真话你们都不敢说出来，还说人家可恶。你是害怕你们这一群矮男人捆在一块儿也斗不过他吧，啊？你是害怕我真的跟他走了，你们挡不住吧，啊？

就好像一把石头子儿迎面摔到脸上。天太黑，黑得就好像是对着面黑墙说话。我的脖子都酸了，我低下头来说，你别这么厉害行么，啊？我们是害怕你走，我们害怕你走，我们才供养你，我们不能对不起你。你说，这些年我们矮人坪亏待过你么，啊？

天太黑，黑得就好像是对着面黑墙说话。黑墙现在不说，也不笑了，也没有石头子儿摔过来了。我就觉得好像是在黑天黑地里站了一万年。我日他一万辈儿的祖宗！

我说，你倒是说话呀你！亏待过你么，啊？

她不说，也不笑了。她把我撂在黑地里，转身就走，我觉着她准是又哭了。这女人！

我说，我黑天冻地的站了这半天就是等你一句话，你倒是说话呀你！

黑天黑地里就听见院门咣当一声响。不知谁家的狗远远的汪汪了两声。有颗流星擦着天边落下来，一眨眼，就在黑水里淹死了。

我就回家，我就走。哎，这女人。

昔日里有一位孟姜女，
配夫名叫范喜良。
夫妻们正把花堂拜，
秦始皇把范郎捉拿到边疆。
直害得孟姜女茶不思来饭不想，
她只怕范郎受凄凉。

没有响器，也没有人给敲梆子，天太黑，黑得就好像对着面黑墙在唱。丑爷坐在碾盘上说，日本人来啦是遭天年，乡亲大家不要怪见……丑爷说，女人们呐……哎嗨嗨嗨……我妈说，那年我是七岁。七岁那年我牵着兰子在场院里看见砍了腿的花头，在村口老神树上看见我爷爷，在丑娃家的院子里看见一院子的女人都不穿衣服，都白白地站着，太阳在我后脑勺上滋滋地响。

九月十三寒霜降，
她与丈夫送衣裳，
身背寒衣长城往，
不见范郎在哪厢。
人人说，个个讲，
都说范郎丧无常。
孟姜女言听魂魄丧，
她手扒长城哭夫郎。
哭倒长城千万丈，
见范郎尸骨露一旁。

一院子女人都不穿衣服，都白白地站着……太阳在我后脑勺上滋滋地响。丑爷说，你们要是都寻了死，谁再给咱矮人坪生娃娃呀……女人们呐，哎嗨嗨嗨……

我日他一万辈儿的祖宗！

十九

爸，到这边儿睡吧，她又尿炕啦！

二十

太阳照在窗户纸上，白亮白亮的。

他把那个小红本收起来，他说，行了，我刚才念的那两条毛主席语录你听清楚了吧。我说，听清楚了。天柱就在一边偷笑。他说，那你给我重复一遍，毛主席说的什么。我说，一共就是两句话么，一句说，万万不可粗心大意；一句说，扫地得扫干净。天柱就笑，天柱说，行啦，苦根儿，你想问啥就问吧，他哪记得住这呀，你这不是赶着鸭子上架吗，你问他还不如问问二黑呐。他就又把那个小红本掏出来，他说，天柱，你严肃点，这是什么时候你还笑？他打开本说，那好，我再给你念一遍：毛主席教导我们说，“凡是反动的东西，你不打，他就不倒。这也和扫地一样，扫帚不到，灰尘照例不会自己跑掉。”“政策和策略是党的生命，各级领导同志务必充分注意，万万不可粗心大意。”还有一条得告诉你，党的政策是“坦白从宽，抗拒从严”。曹永福，你听清楚了吧？好，那你交代交代你和秦暖玉的关系吧。天柱是生产队长，我是政治队长，我俩就是矮人坪的领导，明白了吧。行了，你现在开始交代你和秦暖玉的关系吧。天柱就还在一边偷笑。

我说，啥关系呀？

他说，你是富农，是阶级敌人。暖玉是贫农。你和暖玉有不正当的关系，你这就是搅乱了矮人坪的阶级阵线。你交代交代吧。坦白从宽。

我说，有啥不正当的？她住她的窑洞，我住我的马号，咋就不正当啦？再说你们那阵线在哪儿，也没跟我说过，我也从来没见过，咋就是我给搅乱啦？

他说，你还是老实交代，你到底到暖玉那儿睡过多少次？都跟暖玉说过什么？

这都是啥话呀，亏着二黑他们都听不懂，真能把人寒碜死。我说，这都是啥事情呀，天底下有交代这事情的吗？苦根儿，你还没结婚，你不知道这里头的事情，这事情哪能告给别人呐！那还知道害臊不？那不是成了牲口啦，啊？

他说，抗拒从严！

我说，从严，从宽，我都不能说。天柱，你们这是糟蹋人来啦，啊？

他说，曹永福，你想抗拒呀你？告诉你这是阶级斗争，毛主席说“革命不是请客吃饭……革命是暴动，是一个阶级推翻一个阶级的暴烈的行动”。曹永福，我们今天不是来请客吃饭的，你必须老实交代！有了你交代的事实，我们还要追查更复杂的问题。

天柱冲我挤挤眼。

我说，天柱，苦根儿，我不知道你们还要干啥，反正从宽、从严我都不能说，我不能和你们一块欺负暖玉，欺负一个女人家算是啥东西呀。再说暖玉那女人这一辈子够个凄惶了，我不能和你们一块欺负她。

他说，暖玉是人民内部矛盾，你是敌我矛盾，你怎么现在还要搅乱阶级阵线呀你，我告诉你，顽抗到底是没有好下场的！

天柱说，拐叔，你咋这么糊涂呀你。现在有人想把暖玉从咱矮人坪弄走，苦根儿说了他这是丧失革命立场，这阶级斗争复杂着哩，你要是承认了，暖玉就还是暖玉，还照样留在矮人坪，谁丧失立场谁就是犯错误啦！弄明白了吧，啊？你就听苦根儿的话，说说吧。

我说，我不管谁丧失不丧失，反正我的立场就是从宽，从严，都不能说。

天柱说，你真是连二黑也不如啦你，就这么点儿事情你咋就掰不开啦你，我看你是想找罪受啦你。

我说，苦根儿，天柱，你们俩今天要是就为这事情来的，那你们就走吧。我没啥说的，我还要给他们上料呢，他们吃了饭还要拉碾子、拉磨呢。

他说，曹永福，你这样抗拒到底，我们就要对你实行群众专政，就要召开群众斗争大会斗争你！

天柱说，好我的拐叔啦，快说吧，还得让我求你呀，啊？

他说，天柱，你站稳点阶级立场，你这是叫干啥，你不能对一个富农分子这样讲话。

我说，你们走吧。从宽，从严，我都不说。我还得上料呢，他们吃了饭还要拉碾子、拉磨呢。

天柱说，拐叔，你今天是要充好汉充英雄呀，你还嫌自己的麻烦少呀你？

我说，我一个瘤拐充什么英雄呀，我连狗熊都不是，我就是个矮人坪的瘤拐。你们走吧，他们早上还没吃饭呢。没听他们急得都啃开槽帮啦？

他说，曹永福，你再好好想想，我们再给你一次机会。你不要以为没有你的交代，我们就没有办法了。有没有你的交代，我们都可以继续追查，也可以把这件事情干到底！毛主席说，“金猴奋起千钧棒，玉宇澄清万里埃”，不管阶级斗争有多么复杂，我们也要把隐蔽的不隐蔽的阶级敌人都揪出来，也要遵照伟大领袖毛主席的指示把矮人坪的阶级队伍清理好！

我说，你们走吧，我得上料啦。

太阳照在窗户纸上，白亮白亮的。

抗拒不抗拒的太阳不也是照样出来啦，从宽不从宽的到时候天也得黑呀。二黑，你说我说的对不对，啊？我哪能给他们承认这个呀，我承认了，刘主任还不得吃了我呀，啊？二黑，你说我说的对不对呀？咳，真恨不能再长出两条腿来跟你们站到一块儿去，有吃，有喝，有人心疼，什么发愁的事也没有，多好呀！

窗户纸上白亮白亮的，那是太阳。

太阳一落，天就黑了。其实眼睛一闭，天也就黑了。眼睛一闭，连太阳也是黑的。二黑，你说我说的对不对呀，啊？都说人死了还有魂呢，二黑，你说有没有呀，啊？有？没有？你倒是说呀。

二十一

我站在他身后，太阳从脸前头照过来，照出一个又黑又大的影子，影子的四周全是扎眼睛的太阳。隔着门帘，那股呛人的马臊味儿也还是能闻见。他摇摇头叹了一口气。我说，咋啦，苦根儿，泄气啦？

他摇摇头，他说，天柱，你不理解我。我就是想按照毛主席的指示把所有的事情都办好。可我真没想到，咱这地方连阶级敌人的水平都这么低，你说还能干出什么成绩来呀？我真是觉得自己对不起毛主席，对不起党。我哪还像个烈士的儿子，哪还像个革命接班人呀！这么说着他就在自己脸上抹了一把。

我站在他身后，太阳从脸前头照过来，照出一个又黑又大的影子，影子的四周全是扎眼睛的太阳。我站在影子里扬着头看见他在自己脸上抹了一把。我说，你看你，你看你，哭啥呀？

他说，我真是觉得自己对不起毛主席，对不起党。我真是不像个烈士的儿子。

我说，苦根儿，我看你够辛苦的啦，有谁能像你这么干呀？放着城里好好的不住，偏偏跑到咱这老山沟来受苦，有这一条就够成绩啦！

他说，天柱，你不理解我为什么这样做。

我说，是不理解，也不娶媳妇，也不过日子，谁知道你想干什么？走吧，上我家吃饭去，你就别再一个人回去起火了。你看你这几年一个人过日子，把人熬成啥样啦。再干革命也不能不吃饭吧？走，回家。

他摇摇头，他说，天柱，你不理解我。你也不可能理解赵英杰。说完就走了。太阳猛一下撞过来，扎得眼睛生疼。动不动就理解不理解的。理解就咋啦？不理解就又咋啦？再说啦，赵英杰是他妈×的谁呀？这孩子，真有股子怪劲儿，真有股子倔劲儿，也真叫人心疼他。

我就转过身对着门帘，我说，拐叔，你看看你，把苦根儿给气哭了吧。拐叔，你再好好想想，留下暖玉可是咱们矮人坪最大的事情，你这回就算是给咱矮人坪做一回贡献行么，啊？就算是你委屈自己一回行么，啊？就算是我求你啦！以后队里想办法赔你，你想要啥，队里就给你啥，行么？

没人理我。

太阳照在门帘上，照在土墙上，暖烘烘地照在后背上，院子里一丝声音也没有。我回头看看，苦根儿已经走到村子最高处的黄土坎上了，劈下来的平展展的黄土墙上，是苦根儿那孔土窑洞，远远看过去，就像是平展展的黄土墙上睁着一只孤零零的黑眼睛，孤零零地打量着老远老远的地方。太阳照在黄土上漫成一片金光，就把苦根儿浑身上下裹在一片金光里，金黄一片的上面是瓦蓝瓦蓝的天，蓝得叫人眼晕。

太阳照得后背上暖烘烘的，我对着门帘说，拐叔，我是队长，我办事得替全村着想，不是我和你一个人过不去，你真的愿意叫刘主任把咱们暖玉领走么？不是靠着苦根儿，咱们能顶住人家刘主任么？你再想想，啊？拐叔，我还得放牛去呢，不能老在这儿陪着你说话，你别急，好好再想想。

还是没人回话。

苦根儿说我不理解他。咋理解？没有爹，没有妈，又不娶媳妇，又不过日子，成天就是非要弄出个成绩来不可。你再有成绩也得娶媳妇过日子吧，啊？要是全中国的人都不娶媳妇，都不过日子，全中国都绝户了，再有多大成绩不是也白搭？把那成绩都留给谁呀，啊？总不能都留给日本人吧？我日他一万辈儿的祖宗！

苦根儿站在金黄一片的黄土坎上，黄土坎上睁着一只孤零零的黑眼睛，金黄一片的上面是瓦蓝瓦蓝的天，蓝得叫人眼晕。

这孩子！

二十二

听不见她叫唤，也不知道她上哪儿去了。

我说，走！

他说，行吗？叫拐爷看见咋办呀？

我说，拐爷每天这会儿都上场院担谷草，保险看不见。走！

他说，行吗？叫拐爷看见，告给爸就坏啦，非得捶死咱俩。

我说，就吓死你个龟孙啦！你不去，我去。弄回煮豆子和豆饼来一口也他妈×不给你吃，馋死你个龟孙！

他就把鼻涕抹在袖口上，他说，你不给我吃，我就告给爸。

我说，你试试？你又肉痒痒了吧？

我不理他。我转身就跑。他就在后头叫，哥，哥，等等我，等等我呀你！

我不理他，我还跑。我就知道他得跟我去。我不回头，我说，快点！

一眨眼，到了。马号的院里没人，也没声音，就有一群家雀子落在马粪堆上啄过来啄过去的。我捡起一块土疙瘩砍到窗户上，家雀子们呼地飞起来落到房顶上，看看没动静又呼的一下子回到粪堆上。

我说，看见了吧，二狗，没人。驴们也都叫领走干活去了。走，豆子就在锅里呢。

我掀起门帘跑进屋里直奔灶台，伸手就抓，热豆子烫得我直哆嗦。

二狗就在身后哭起来，拐爷拐爷，我不敢啦我，都是我哥叫我来的，我不敢啦呀拐爷，你可不敢告给我爸……

我一抬头看见拐爷站在炕上，小板凳倒在他脚边上。

我说，拐爷……

拐爷不说话，也不转身。

我说，拐爷……

拐爷还是不说话。

我撒腿就跑。二狗在后头叫，哥，哥，你等等我呀你！

也不知跑了多远，我停下来。二狗在后头哭，你咋也不等等我，你咋也不等等我……

我把二狗拉过来，我说，二狗，你看清楚啦？是拐爷？

二狗说，咋不是呀，拐爷在炕上立着，拐爷看见咱们啦！

我把兜里的黑豆都掏出来递过去，我说，行啦，二狗，别哭啦你，豆子都给你，你吃吧你。

二狗接过豆子，二狗说，哥，拐爷的头上有根绳子。

我说，二狗，你快吃吧你。你记住，咱们谁也不告给！

二狗把豆子放进嘴里，二狗说，告给就咋啦？

我说，告给别人，咱爸能捶死咱俩！你的肉又痒痒了吧，啊？记住了没？

二狗说，记住了。二狗说，哥，我吃完啦，还有么？

我说，没啦。

二狗说，真香呀，哥。二狗说，哥，拐爷的头上有根绳子，他咋不说话呀？他不理咱们，也不转过身来，他头上有根绳子。

我说，二狗，咱们什么也没看见！

二狗说，看见啦，我看见拐爷的头上有根绳子。要知道他不追，你还不如多抓两把呢。我看见他头上有根绳子。

我说，你再说？你再说我就捶死你个狗日的！你咋就记不住呀你！

二狗看看我，不说了。

又有一群家雀子在身边落下来，蹦蹦跳跳的。也不知道是不是马号里的那一群。村子里什么声音也没有，就有烟从窑顶的烟囱里一股一股地冒出来，又一股一股地散开。不知谁家的公鸡打鸣了，又闷又憋的隔着院墙远远地传过来，好像是在老深老深的地底下被人掐着脖子叫唤。爸吆喝着牛出坡了，牛铃响得又慢又远，黄黄的牛背在太阳底下一闪一闪的。好像是做梦。

二狗说拐爷的头上有根绳子。拐爷的头上绑根绳子干啥呀？

烟一股一股地冒出来，又一股一股地散开。家雀子飞过来，又飞走了。村子里什么声音也没有。不知因为什么，她在老远的地方又哇哇哇哇地叫起来。好像是做梦。

二狗又把鼻涕抹到袖子上，二狗说，哥，咱们什么也没看见，咱们现在上哪儿呀？

我说，回家。

二十三

咳，我是吓着那两个孩子了吧？千小心万小心就怕吓着别人，到底还是吓着那两个孩子啦。咳，真是的。瞧他们跑得有多快呀，活像两只小兔子。二狗还哭，你哭啥呀你？你不想想，拐爷能为了两颗煮黑豆打你？骂你？大狗就是小聪明多，他还以为我不知道他老来我这拿豆子吃呢。我能不知道吗我？从打第一回你来，拐爷就知道啦。谁来我这儿也别想瞒过我去，我闻闻味儿就知道你是谁。就这么个穷地方，就这么点高兴事儿，就这么两把煮豆子，你说，拐爷管你干啥呀，啊？你说，拐爷舍得不舍得呀，啊？连牲口还让吃的东西，能不让你们吃吗，啊？咳，千小心万小心就怕吓着人，到底还是把那两个孩子给吓着啦。咳，真是的。我也不能张开嘴，我也不能说话了，就是说，你们也听不见了呀……吃了早上饭人们就来领他们来了。我送走了黑妮，送走了老妮，送走了大黑，最后送走的二黑。我摸摸他的头，我说，二黑呀，以后咱们就在阴间见面吧，啊。我走了以后，你可得听话呀，不管是谁来喂你们，都得听话，啊。以后就再没有人像我这样心疼你啦。你要是不听话，人家就要打啦。你这不是叫我难过吗，啊？你说，我动过你一手指头吗，啊？我舍得吗，啊？听我的话，往后干活就是干活，还像我在的时候一样，不要奸，不要滑，做人就得老老实实的，有人管，没人管，都一个样。往后别老跟大黑顶架，我不在了，谁还护着你呀。二黑眨巴眨巴眼睛，二黑不说话，二黑他也不知道我要去哪儿呀。我把二黑脖子上的绳子解下来，我说，二黑，我心疼你一场，临走使使你的绳子，你愿意吧，啊？二黑眨巴眨巴眼睛，二黑还是不说话。我就把旧绳子解下来，把新套头、新绳子给他换上。我说，二黑呀，临走我再给你换副新套头，这是最后一回啦。等会儿，你再回来就看不见我啦。看不见就看不见，看不见也就算啦，别哭我，也别想我。天底下哪有不死的人呀？都得死。你得死。我得死。凡活着的到头来都得死。我就盼着转世再多生出两条腿来，那我就能跟你们站到一块儿啦，有吃，有喝，有人心疼，那多好呀，啊？到那时候，我天天都能跟你们好好地聊天说话。一块干活，一块吃饭，一块睡觉，多美呀。二黑摇摇耳朵，二黑他是听懂啦。我就笑了，嘿嘿，到底是我的二黑呀。我心里想啥他心里就知道啥。嘿嘿，到底是我的二黑。我真是没有白心疼你呀。行啦，大黑走啦，黑妮走啦，老妮走啦，二黑也走啦，都走啦，走光啦，屋里就剩下个我，剩下个我手里拿着跟二黑要来的绳子。绳子使唤旧了，拿在手上又软和又细顺。我可不想吓着他们。我自己走我自己的，我谁也不想吓着。二黑到底也没有告诉我，人死了到底有没有魂呀？有？没有？二黑他到底也没跟我说。这个二黑，兴许他是猜出来了，兴许他是不愿意叫我走。二黑呀二黑，你哪知道呀你，一个人要是他不想活了，你叫他天天当皇上，天天坐轿子、穿龙袍，天天喝香油、吃烙饼，那也是受罪，那也是白搭。一个人要是他还想活呀，天天当牛做马，天天吃苦受罪，那也是享福，那他也愿意。我现在就是不想活了，叫我当皇上我也不愿意了。我倒要看看，我没有了，他们还咋清理，咋整顿？我倒要看看他们的那队伍和阶级都怎么办？都放到哪儿去？留着喂狗吃？要不就放到缸里腌起来？我活了大半辈子了，队伍倒是见过，都是些背着枪杀人的。这个阶级到底是啥东西呀，啊？也不知道是方的呀还是圆的。二黑肯定也是个不知道。毛主席到底是毛主席，人家就能想出个阶级来，咱老百姓就想不出来，要不人家毛主席咋就坐了天下呢。不管啦，还管它干啥呀？这根绳子又软和又细顺，这上头还有二黑的味儿呢。又软和又细顺，就使它吧，这上头还有二黑的味儿呢。到了那边，阎王爷一见，阎王说，行，连绳子他都带来啦，就送他个人情，叫他转生也做个驴吧。我真是没有白心疼我二黑。连绳子也是他的呢。又软和又细顺，多好使呀，啊？上哪儿找这么好使的绳子去呀。除了我二黑给我留着，谁还知道个我呀，啊？嘿，都预备好了。小板凳在这儿呢，掸干净了。绳子也在这呢，又软和又细顺，上边儿还有二黑的味儿呢，这么好使的绳子上哪儿找去呀，啊？走——吧——。该添的料给他们拌好了，豆子煮熟了，缸里的水满着呢，等他们干完活回来都是现成的。行啦，没惦记的了，走——吧——。就是往后喝不上暖玉的酒，也看不见我二黑啦。行啦，没惦记的了。走——吧——。走，上炕，摆上凳子，搭好绳子，这地方我早就看好了，躺在炕上成天琢磨的就是它，再没有比它好的地方啦，高矮又合适，又没人能看见。行啦，走——吧——。脸朝里，背对着门，我不想叫他们看见我的脸，我不想吓着他们，我谁也不想吓着。自己走自己的路，吓唬别人干啥呀，啊？搭好绳子，挽个活扣儿，多少年都是给他们挽绳子，今天也给自己挽一回吧，来，挽得漂亮点，利索点，干了一辈子啦，也给自己干一回吧。来，套上……来，蹬了板凳吧……咔当……推不走，也散不开的，真黑呀……哎，到底还是吓着那两个孩子啦。真是的。你说你们跑啥呀跑？我也不能张开嘴了。我也不能说话了。就是说，你们也听不见呀……

二十四

我进去的时候已经挤了一院子的人了，除了去沟里修坝的男人，村子里的人都来了，老老小小男男女女都挤在马号的窗户外边，村里开会从来就没有来这么齐过。窗户不知叫谁打开了，隔着窗户就能看见他的侧面，一根麻绳从他的耳朵后面绕过去，搭在房梁上，就像一身脏衣服挂在那。娃娃们都愣愣地瞪着眼，女人们的眼睛都是红红的，暖玉趴在窗台上叫，拐叔，拐叔，你这是咋啦呀你……这女人！真是他妈×的一点阶级觉悟也没有！这是啥人？这是啥时候？你一个贫农，你能哭吗你，啊？

我拨开人群走过去，我说，都在这儿看啥呀看？还不快把人弄下来？快！

都说不敢动。

我从劈柴堆边上拾起斧头来，我说，起开，一个死人怕啥呀怕？我见的死人多啦！

我拎着斧头进了屋，在炕上和他脸对脸地站在一起。我还从来没有这么看过他，我从来都得低下头看他。现在他吊在房梁上，比过去高了一大截。都说吊死鬼吐舌头，他没吐。脸上一点血色也没有，倒比过去白了。我说，曹永福，昨天才传达中央文件，今天你就上吊啦你！你他妈 × 怕啥呀你，啊？还嫌矮人坪阶级斗争不复杂？我抡起斧头朝房梁上砍过去，咚——，梁上的陈年老土哗地落下来，一下子迷了我的眼。满眼睛的尘土里我看见他直直地落到炕上，直直地站在了我的对面，一动不动。我赶紧揉眼睛，我说，曹永福……他一声不吭地猛朝我怀里撞过来。院子里的人们嗷嗷地喊叫成一片。等我看清了，他已经倒在我肚子上了。我说，拐老五，你他妈 × 想干啥呀你……王政委倒在我怀里的时候满胸脯的血，王政委睁开眼对我笑了，王政委说，小鬼……拐老五，你他妈 × 想干啥呀你……小鬼……我告诉你拐老五，我可是个共产党员，我不信你这一套邪！

我把他放在炕上又回到院子里，我说，这个情况还得调查调查。我说，是谁最先看见的？丑娃媳妇说是她推完磨来还驴的时候头一个看见的。丑娃媳妇说，我叫，没人应。我就进了屋，一掀门帘子，差点没把我的魂吓掉了。我说，行啦你，你说情况就是说情况，不要讲这些迷信话，什么魂不魂的，这都是封建迷信。丑娃媳妇说，反正是把我的魂吓掉啦，反正是差点吓死我。我看看人群，我说，还有什么情况没有啦？没有？那他就是自杀，就是自绝于人民。有两个脏兮兮的娃娃挤到前边来扬着个脸，小的一个说，我们啥也没看见，我们就是吃了一把煮豆子……大的就搡了他一把，大的说，你他妈 × 又是肉痒痒啦你！我说，去去去，大人们说话，小孩不许乱插嘴。

谁去沟里把干活的人们叫回来，把放牛的天柱也叫回来，谁去？那个大孩子说，我去叫我爸！我说，哦，你是大狗。小的说，我也跟我哥去。我说，哦，你是二狗。行，去吧，快点！告给他们，就说是我说的，拐老五自杀啦，全都回来吧，全都不用干活啦。得把这个问题处理一下。大的就瞪起眼来，大的说，你个傻瓜你，我不带你狗日的去！小的就揉着脸哭，你不带我去，我就告给爸……我说，行啦，行啦，你就搞好团结带他去吧。我又对院子里的人群挥挥手，我说，行啦，都走吧，别都围在这儿啦，一个自杀的富农有啥好看的，走吧都！

暖玉说，得给拐叔做身新衣服！暖玉一边说一边流得满脸都是眼泪。

这女人！真他妈×一点阶级立场也没有！

我说，你少说两句吧你，这是政治问题，你一个女人家瞎掺和啥呀你？

暖玉不理我，暖玉说，不管说啥，也得给拐叔做一身新衣服！你们不做，我做！

这女人！简直就是头牲口，简直就是根木头，你就别想跟她说清楚个道理！

我又挥挥手，我说，行啦，都他妈×走吧！又不是羊，都挤在一块儿还得等着叫人轰呀，啊？一个自杀的富农有啥好看的，走吧都！

挤在一块的人们像羊群似的散开了，沥沥拉拉的，一眨眼，院子里就剩下马桩上拴的四头驴，和躺在炕上的拐老五。

隔着窗户就能看见他的脸，又脏又旧的棉袄上头是一张白白的脸，白的一点血色也没有。

有一头驴在那用前蹄子刨地，刨一下，咚一声，刨一下，咚一声，刨一下，咚一声，刨得人心烦！我就骂他，你个畜牲刨啥呀刨，你狗日的也想上吊呀你，啊？那头黑驴还是刨，刨一下，咚一声，刨一下，咚一声，刨一下，咚一声……猛一扬脖子啊儿啊儿地叫起来，震得耳朵生疼！

你他妈 × 叫啥呀你，啊？真是个畜牲！

二十五

我的祖宗，手抖得就高低点不着这盏灯啦就！

我把用半个山药蛋挖好的灯碗放在灶台上，倒上麻油，按三爷说的放上二十九个灯捻，剪个纸人放到水缸脚底，盛一升子谷米摆到灯前头，剪上些旗旗插上，一剪子就把手指头给剪破了，流就流吧，哪顾得上包它，再找出三炷香也插到米里。我就燃了一根麻秆去点灯，我的祖宗，手抖得就咋也点不着这盏灯啦就。

我的祖宗！到现在两条腿还是软的呢。我的活祖宗，真真就吓死我啦就。做了多少回啦，哪一回也没叫他抓住过，偏偏这一回就叫他抓住啦！我也真是叫鬼追上了我，干吗非得今天去干那事情呀我，我要知道他在那吊着，打死我我也不敢去呀。他天天都是这时候去场院担干草。我就知道他不在。我把老妮拴到桩子上，听了听，啥声音也没有。我说，拐叔，给你还驴来啦。还是啥声音也没有，我就知道他天天都是这时候不在。我就进了屋，我拿了多少回了，放玉茭的瓮子就在墙角里。我拉开石板就朝兜里装，装满了，盖上石板我就走。一回身，就看见他了。我就扑通给他跪下。我就哭开了，我说，拐叔，拐叔，拐叔呀，是我的不对，我不该偷队里的玉茭，我就偷了这一回，就叫你抓住啦！家里的母鸡正下蛋呢，我是想多喂它们两把粮食，我就偷了这一回，就叫你给抓住啦！你可千万不敢给我说出去，说出去我以后在村里咋做人呀我！拐叔，你现在叫我给你做啥都行，你可千万不敢给我说出去，我给你磕头啦拐叔……我就给拐叔磕头，磕了一个头，一抬头，才看清楚，他原来是在梁上吊着呐……吓得我扑通又坐到地上了，我的腿就软啦，我的裤子就湿啦……我说，拐叔呀拐叔，你这是咋啦呀你……我的腿就软得站不起来啦，我的裤子就湿啦……我就从地上爬出来了。

我的祖宗，偏偏这一回就叫他抓住了。做了多少回都没有事情，偏偏这一回叫他给抓住了。到现在两条腿还是软的。你一个大主任，你要魂干啥呀，你可不是没有魂，你天天挣上公家的钱，天天吃香的喝辣的，你要魂干啥呀？我的魂可不能丢，我的魂要是丢了，谁给这一大家子人做饭呀，谁伺候丑娃呀，谁喂鸡，谁喂猪呀？鸡下了蛋谁往家里拾呀？衣服脏了谁洗，衣服破了谁补呀？我的魂可不能丢。我还想等着抱孙子呐。

门叫我给插上了，趁着没人，我得赶紧做，我得赶紧送送拐叔。这种事情应该把三爷请来给做。可今天没法跟三爷张这个嘴呀。咋说呀，就说三爷，我今天去马号偷玉茭让拐叔给撞上了，我怕叫拐叔勾走了魂，你替我送送拐叔吧？

哎呀，今天手抖得就高低点不着这盏灯啦就。

行啦，着啦。给拐叔跪下吧。三爷会唱的那些词儿，我一句也记不下，就记住个“千扬神，万扬神”，剩下的啥也不知道啦。拐叔，你就将就将就吧，我给你跪下了拐叔。“千扬神，万扬神”，大人不记小人过，拐叔你就饶过我这一回吧。“千扬神，万扬神”，拐叔我明天就去哭你去，我明天就去给你贡献去，你千万别把我的魂勾走喽。“千扬神，万扬神”，拐叔你不可怜我，也得可怜可怜孩子们也得可怜可怜丑娃呀。“千扬神，万扬神”，拐叔，往后每年清明我都给你上坟，给你烧纸，天冷了给你送寒衣，天热了给你送单衣。“千扬神，万扬神”，拐叔，我往后再也不偷啦，再也不敢啦，再偷就让我烂了手、瞎了眼。“千扬神，万扬神”……拐叔呀拐叔拐叔，我啥神也不信，我就信你，就求你啦拐叔，我头都磕破啦，眼快哭瞎啦，可怜可怜孩子们可怜可怜丑娃吧，啊……“千扬神，万扬神”，拐叔我知道那都是二黑他们的口粮，我知道你心疼他们比心疼自己还心疼呐，我知道你待他们比待自己的孩子还要亲呐，我欺负不会说话的牲口我比牲口还不如呀我。拐叔，你就饶过吧，啊……哎呀呀呀呀……呀……“千扬神，万扬神”呀……

二十六

这么多的黄的这么多的黄的这么多的黄的这么多的黄的挤过来挤过去

这么多的黄的散开了

这个黑的这个黑的这个黑的这个黑的不走叫得像头狼

绿的在里头绿的在里头绿的在里头绿的不说话要看绿的咚要进去咚要看绿的咚要进去咚要进去咚咚咚咚绿的是我的绿的是我的咚绿的是我的咚绿的在里头绿的在里头咚咚咚咚

啊儿啊儿啊儿啊——儿

这么多的黄的散开了这个黑的不走绿的在里头

啊儿啊儿啊儿啊——儿

绿的在里头

绿的不说话绿的在里头

绿的是我的啊儿啊——儿　咚　咚　咚　咚　咚

二十七

我把柜里的黑布和棉花都拿出来，在炕上把布铺开，等我把衣裳裤子都裁好了，她抱着个包袱走进来。

她两眼哭得红红的，她说，暖玉，用我的布给拐叔做衣裳吧。

我说，你看，我都裁好啦。面子、里子、棉花都有。

她说，暖玉，还是用我的吧。

我说，你看我都裁好了。再说你那儿一大家子人，冬天的衣服都还没做呢，把布用了孩子们的棉衣使唤啥呀？我看丑娃穿的也是烂棉袄啦。

她说，你身上也不是新的呀。

我说，一个人咋也好办。

她说，你看看，你看看，拐叔这是为了啥呀他？

她就哭。她一哭，我也哭。

我说，咱们还是别哭了，还是快点做吧。拐叔等着穿呢。

她说，能行，不哭啦。你说拐叔这一辈子凄惶不凄惶，一辈子就心疼了一群驴……

她还是哭。我也还是哭。

我说，真的别哭啦，再哭就误了拐叔穿了。

她上了炕，拿起针线来，把自己指头上的顶针转了转。她抹一把眼泪，她说，你可不知道，我一瞧见他差点吓死我，吓得我尿了一裤子，你说拐叔他是为了啥呀他？

我说，啥也不为，人活得还不如头驴，还活他妈 × 的干啥呀？不定哪天，我也学了拐叔，用根绳子一吊，人活得没了意思真不如死了强！

她咝咝地吸着凉气，瞪起眼睛来，她说，暖玉！你吓死我呀你！不看都叫针扎了手啦！你说的这是啥话呀你？你年轻轻的，又不像我们是瘤拐，你说的这是啥话呀你？我今天这是咋啦我，净是碰上这吓人的事情。

她就哭。我也哭。最后又都说别哭啦别哭啦，再哭拐叔的衣服就做不出来了。

做了一阵活，我忍不住了，我说，昨天夜里开完会我还在马号里见过他。

她的眼睛又瞪大了，昨天夜里？

我知道她心里想的是什么。我说，是昨天夜里。

她说，黑更半夜的你一个女人家还干啥去呀你？

我知道她心里想的是什么。我说，我就是半夜去的，我给拐叔送酒去了。

她说，黑更半夜的你一个女人家给他送啥酒呀你？

我知道她心里想的是什么。我说，昨天夜里开完会拐叔他就不说话了，一句话也不说了，连给他倒口水他也不敢喝。我就怕他出事情，我就跟着他。他先是在土地庙的山墙下边站了一阵，等大伙都走了，他才一个人回的马号。我怕他出事情，我就在后边跟着他。跟到马号我就把酒给了他。

她说，他和你说啥了呀?

我知道她心里想的是什么。我说，我说拐叔你不用害怕，拐叔啥也不跟我说，就是轰我快回去，轰我快走。我要知道他想上吊，我说啥也不能听他的，说啥也不能走呀我。

她说，你一个女人家，那你也不能在他那儿过夜呀? 你也得出来叫个人才行。

我就放下手里的活。我说，丑娃家的，我知道你心里想的是什么，我也知道你想说什么。你不是就想说，我一个女人一个寡妇家和他一个光棍，和他一个男人家在一块儿不合适；你不就是想说一个女人和一个男人在一块儿过夜除了那件事情就没有别的事情了吗，啊? 我跟你说吧，我压根儿就不怕你们说我。要怕，我早就活不到今天了我！要怕，我早就上吊了我！我早就在土里烂成灰了我！我真后悔昨天夜里没在拐叔那儿过夜，我真后悔昨天夜里没有和拐叔睡！我要睡在他那儿，咋能让他上了吊呢，啊? 一个人连命都不想要了，一个人死到临头了，也就可怜到家了吧，也就可怜到头了吧，你给他什么东西能换了他那条命呀，你给他什么东西，你给他金山银山也不多！也没用！我真后悔昨天夜里没在拐叔那儿过夜，我要睡在他那儿，他也许就不死了他。我才不怕呢我。这么多年啦，我在矮人坪是个啥谁不知道呀? 我还怕啥呀怕? 我他妈 × 现在和拐叔一样，我连死都他妈 × 不怕了我！矮人坪真心疼我的也就是拐叔一个人，再没有第二个，我就是不愿意他死，我就是想和他睡。你说吧你，你想说啥就说啥吧你，你说呀你，你倒是说呀你！

她也停下手里的活，她说，暖玉，你看你，你哭啥呀你？我说你啥啦呀？我不是啥也没说吗我。谁不知道是你救了咱矮人坪的男人们呐，啊？他们没良心，咱们女人家也没良心？我跟你说吧，我就想下辈子转生成个男人，就想让他们这些男人下辈子都转生成女人，到时候，我非得好好地作践他们，我得像作践猪作践狗那样作践他们，我非得作践死他们！我要活得长长的，我要活他奶奶的二百岁也不死，我要活得叫他们全怕了我！

我们一块哭，我们一块说。后来，又都说别哭了，别说了，别再耽误了，拐叔还等着呢。哭着，说着，他推开门走进来。他直盯盯地看着我，他说，哦，原来是这样啊，你他妈×的你！我早就看出来你和拐老五他妈×的有事情你！你这女人一点儿他妈×的阶级立场也没有！

我说，你知道就好。姑奶奶就怕你不知道。

他就拍着大腿说，暖玉呀暖玉，你叫我咋说你好呀，啊？

她就从炕上欠起身来，她看看我，她又看看他，她说，你们要是有话说，我就回呀。

我知道她心里想说什么，我说，丑娃家的，别走。我们什么要说的话也没有。咱们快点做活吧，拐叔还等着穿呢。我说，你出去吧你，我们女人家做活用不着个男人站在旁边碍事。走吧你。

二十八

哥——。哥——。哥，旋风，旋风。他在后头喊。哥——，旋风过来啦！

那条踩得白白的小路在塬畔上拐过来，曲曲弯弯的像条白蛇从沟底爬上来。旋风也是曲曲弯弯的像条黑蛇在小路上扭，顺着白白的一条带子朝我俩扭过来。

他在后头喊，哥，拐爷说过旋风是鬼走路呢，哥，我害怕！

我盯着它，我说，不怕，二狗，哥抱你。

它就扭过来。他就抱住我。土就迷了眼睛。

拐爷说，大狗，二狗。

他就喊，哥，哥，拐爷说话啦！拐爷叫咱们呐！

我说，拐爷，拐爷，我们听见啦。

拐爷说，大狗，二狗，是好娃。娃娃们记住拐爷的话。

我说，拐爷，你有话你就说吧你。

拐爷说，大狗，二狗，告给你们爸，把拐爷埋在十五亩。记住啦，啊？

我说，记住啦，拐爷。把拐爷埋在十五亩。

旋风就把我们放下，曲曲弯弯扭走了。

二狗松开我，一溜烟追过去叫喊，拐爷，拐爷，拐爷，我们啥也没看见，我们就是吃了一把煮豆子！要是知道你不追，我哥就能多抓两把了拐爷！

我就骂他，你个傻瓜你，你还不快回来你，你狗日的不想要魂儿了吧你！

他噘着个嘴走回来跟我嘟哝，我听见拐爷啦，我就是想看看他，他不是在马号呢吗，他咋又跟着咱们过来啦，哥？

我就骂他，真是傻死你妈×的啦，啥也不知道，拐爷死啦，拐爷变成鬼啦，你再追鬼就把你的魂儿勾走啦！到时候你狗日的就连家也回不去啦？让我上哪儿找你去呀？真是傻死你个龟孙啦！跟你说句话真是费劲，真是啥也不懂你！还不快些跟我走！

他噘着个嘴跟在后头。那条路从沟底下爬上来曲曲弯弯的像条蛇。我回头看看，拐爷走了，看不见了，他在路上就留下些干黄干黄的树叶子。

我说，二狗，别生气啦，快跟哥走吧，拐爷刚才说的话你记住了没？

二狗说，哥，我记住啦。拐爷说，叫咱爸把他埋在十五亩里。哥，你说拐爷为啥非要埋在那儿呀，啊？

我说，二狗，别说啦，走吧，哥也不知道。

干黄干黄的树叶子躺在黄土上。没有一丝丝风，没有一丝丝云，没有一丝丝声音，没有一丝丝影子，拐爷他是从哪儿来的呀？拐爷到底死没死呀他？

我说，走吧，二狗。

二狗点点头，二狗说，走，哥。

我说，二狗，你害怕不害怕呀你？

二狗说，哥，我不怕。我就是想看看拐爷。二狗说，哥，你害怕啦你？

我说，不怕。

二狗说，哥，拐爷死了还能说话，赶明儿个咱俩死了，咱俩也刮旋风，想上哪儿去就上哪儿去，咱俩也在风里说话。你说村里人害怕不害怕？

我说，二狗，你别说傻话啦你。再说拐爷就又回来啦。

二狗回过头去，二狗说，没有呀？拐爷在哪儿哩？

干黄干黄的树叶子躺在地上一动也不动。曲曲弯弯的路从脚底下一直爬到沟底，像是条躺在地上的蛇。

拐爷到底死没死呀他？

没有一丝丝风，没有一丝丝云，没有一丝丝声音，没有一丝丝影子。老深的沟底下垒坝的人像蚂蚁一样爬过来爬过去的。牛们在北面山坡上，黄黄的牛背，尖尖的犄角，在簇林子顶头上露出来又没进去。爸也像只蚂蚁，爸拿着放牛的小锨正往沟底的河边爬过去。拐爷他是从哪儿来的呀？干黄干黄的树叶子躺在地上一动也不动。

我说，走吧，二狗。

二十九

我站在门外头，憋得我连气也喘不上来。这女人，你他妈×一万辈子也别想猜出来她到底想干什么！我这一辈子头一回叫个女人给轰出来，头一回叫个女人给了这他妈×这么大的难看！走！我走！上马号去，看看你的那相好去！

它还在那刨，刨一下，咚一声，刨一下，咚一声，刨一下，咚一声，刨一下……你他妈×的刨啥呀刨？你个畜牲！拐老五，你说，你一个瘤拐你哪点儿能和我比呀你？他就在那儿躺着，一动也不动，隔着窗户就能看见他的脸，黑乎乎的影子里一张白白的脸，白的一点血色也没有。刚才他从梁上掉下来的时候就是这张脸和我面对面地看着，好像还要睁开眼。王政委倒在我怀里的时候满胸脯的血，王政委的脸也是白的一点血色也没有，白的好像一张纸。王政委睁开眼睛看看我，王政委笑了笑，王政委说，小鬼……我从枪林弹雨从死人堆里走出来的，我怕你？你说，你一个瘤拐你哪点儿能和我比呀你？它还在那刨，刨一下，咚一声，刨一下，咚一声……你个畜牲！你以为我就娶不了暖玉啦，啊？你以为你能挡住我，啊？你站起来看看我是谁呀，啊？我是刘主任！我是刘长胜！在这块地面上我说干啥就干啥！知道吗你，啊？我革命一辈子要冒险也得为一句真话冒险。拐老五，你个狗日的你，你咋就破坏了暖玉的真话了呢你，啊？你个狗日的咋就这么可恶呀你？你真真是个阶级敌人呀你，我心疼什么，你就破坏什么。你咋破坏得这么准呀你？它还在那刨，刨一下，咚一声，刨一下，咚一声，刨一下，咚一声……我他妈×的宰了你个畜牲！昨天夜里我就看着你不对，我在那传达中央文件，暖玉就给你盛水喝，好好的一个贫农，阶级立场全他妈×的叫你个富农分子给搅乱了。这阶级队伍再不清理，矮人坪真的要让你给变了颜色啦！毛主席就是伟大，不是毛主席的指示，哪能清理出这么大的问题呀，哪能知道富农分子阶级敌人这么猖狂呀，啊？你他妈×的刨啥呀你？刨一下，咚一声，刨一下，咚一声，咚一声，咚一声，咚一声……

你以为我就不娶暖玉啦，啊？你做梦！暖玉现在就是我心尖儿上的肉，谁他妈×的也别想刨走！刨一下，咚一声，刨一下，咚一声，刨一下，咚一声……谁他妈×的也别想刨走！我今天就回公社去，我开一张离婚证还不是张张嘴的事情。我站在公社院里叫一声孙秘书，想开几张开几张，离他妈×的十八回婚也能行。拐老五你在这好好地躺着吧你，你个畜生就在这好好地刨吧你，我要让你们好好看看暖玉到底是给谁当了媳妇啦！我刘长胜就是这立场，我倒要看看他谁能挡住我！

三十

远远地就看见他们跑过来。还没跑到跟前就乱喊，爸，爸，爸，爸，别放牛啦把牛赶回去吧我们啥也没看见就是吃了一把煮豆子后来拐爷就死啦刘主任叫你回去把这个问题处理了拐爷头上有根绳子刘主任就用斧头把拐爷给砍下来啦村里人都看见啦就是他用斧头砍的拐爷就掉下来啦就爸，爸，爸，爸……你把牛赶回村吧你……

我把小锨戳到地上，我说，别他妈×的乱嚷嚷啦，一个人说了一个人说！

两个小兔崽子跑得乱喘气，我一骂，又都不说了。我说，说呀？

大狗说，爸，拐爷死了。

二狗说，爸，拐爷头上有根绳子。

大狗说，爸，刘主任说拐爷是自己把自己给杀了。

二狗说，爸，我们啥也没看见，我们就是吃了一把煮豆子，拐爷的头上有根绳子，后来刘主任就用斧头把拐爷给砍下来了。

我觉得自己直打晃，我就赶紧在身边的石头上坐下。我说，嘿，拐叔呀，你呀，你呀……你咋就这么想不开呢你，这不是好像是我杀了你吗，啊？你想死也不能这么死呀你！这算是啥事情呀？我日他一万辈儿的祖宗！你咋就这么经不起点事情呀你？

大狗说，爸，刘主任说是拐爷自己杀了自己。不是你杀的他。

二狗说，爸，我都看见啦，拐爷头上有根绳子。拐爷头上有根绳子的时候，你和牛正出坡呢。

我摇摇头，我说，不是，我说的你们不知道。娃娃们，你们俩就先别回村啦，就从这赶快再去一趟南柳村吧，快去把传灯爷和二牛叫来好给拐爷做棺材，就说是我说的，工钱好办，传灯爷要多少咱们矮人坪给多少。告诉传灯爷木头是现成的，都在羊圈里干着呢，都干了四五年啦。记住了没？

两个娃娃点点头。

我说，做好棺材，就把你们拐爷埋在十五亩，他说了多少回了。

两个娃娃就都瞪起眼睛来。大狗说，爸，拐爷也找你来啦？也跟你说了十五亩的事情？

我说，你说啥呀你？你是吓糊涂了吧？

二狗说，爸，拐爷刚才告给我们说，叫把他埋在十五亩，咋你也知道啦？你这也刮旋风啦，爸？

我挥挥手，我说，行啦你们，别跟我胡说啦，不看看现在都是啥时候了？快走吧！快走！对了，大狗，给你这两块钱，到南柳供销社买回一条绿叶烟给你拐爷办事用，记住，一毛四分钱一盒，一块四毛钱一条，他得找给你六毛钱，一分钱也不能少！少一分钱，回来我就捶死你们两个狗日的！记住，得和传灯爷他们一起回来，越快越好。我回村等你们。快点儿走吧！快走！

看着他们跑远了，我还是站不起来，我日他一万辈儿的祖宗！这一辈子心里也没有这么乱过。嘴里干渴得要冒烟。没有风，白白的太阳暖暖地照过来，照在沟底冷冷的一条水上，水边上清早结的一层薄薄的冰碴化得只剩下一个窄条条，没了力量的冬水流得一丁丁儿声音也没有，要不是太阳的反光你就看不出它们在流。不紧不慢的牛铃有一声没一声的从簇林子里头传过来。这世界明明白白还是原来的世界，可拐叔不在这个世界上了。我看一眼白白的太阳，看一眼没有声音又冷又清的水，我从石头上挪下来，走到河边，先拄着小锨一把一把地倒手，慢慢地把身子放到地上，然后再用两只手撑着身子像头牛一样把头探到水里，腿和腰高低也打不过弯来了，当个瘤拐真还不如当头牛呢。我把头探到水里，冰凉冰凉的河水立时浸得脸皮一阵生疼，眼前一片漆黑，嘴里一片冰凉，拐叔不在这个世界上了，拐叔没了……这个世界就不是原来的世界了……不紧不慢的牛铃有一声没一声地传过来，好像是从河水底下，从阴曹地府传过来的。我把脸从冰凉的水里拔出来，成串的水珠儿沥沥拉拉地从下巴颏上落下去，就在我的后背上老高老高地挂着一个白太阳。太阳还在，牛还在，水还在，拐叔不在了。

我七岁那年，日本鬼子来了，我妈跑不动了，拐叔还抱过我。我妈不在了，我爸不在了，拐叔也不在了……风还在，风从脸上刮过去，脸上一阵冰凉。

三十一

我就数数，六十八、六十九、七十、七十一、七十二……就有什么东西溅到我脸上来了，我不能松手，我得用两只手把着钢钎子，八十三、八十四、八十五、八十六……又有什么东西溅到我脸上来了，我就看见那个锤把成了红的，我就喊，快停吧你，你看看你的手是咋啦你！

他不停，他说，丑娃！别松手，说话就到一百啦！他就自己数，九十八、九十九、一百！

数到一百他才停下那个十八磅的大铁锤，他头上的汗水像下雨，热气一股一股地从头发里冒出来，好像现在不是数九，是数伏。

我说，你快看看你的手吧你！

他把手张开，我就看见满手的血，看见一只血红血红的手。他笑笑，他说，没事，就是一点血。

我说，你别不要命啦你，你歇歇吧你。

他还是笑，他说，手磨破了说明我锻炼得还不够，还得再锻炼，还得再多打，多磨！

我赶紧朝身边的火堆走过去，抓过一把柴灰来，给他撒到手上，抓住那只血手才觉出来他的手在抖，我就把手揽在自己怀里，我说，苦根儿呀苦根儿，你这是叫干啥呀你，啊？不要命啦你，啊？我们这一群瘤拐都不能干的活，就你一个人咋能干得了呀，你也是人呀你！你这手不是肉长的，啊？你这是叫干啥呀你，啊？我今天说啥也不能叫你再干啦！你给我现在就回家吧！

他还是笑，他说，丑娃，你看你哭啥呀你？干革命哪有不流血的呀？我流这点血算什么呀？只要咱们矮人坪能改变面貌，别说流血，我就是牺牲了也值得！

我把柴灰按到他手上，我说，我就不爱听你这话，动不动就牺牲死人的。要牺牲也让我们这些瘤拐多牺牲两个吧，活着也是受罪，活着也是累赘。

他把手收回去，他说，我早就计划好了，咱们矮人坪一共有大大小小十二条沟，平均两年治理一条，用二十四年就能把所有的沟都治理好，到时候，咱们在沟里漫好的平地上种粮食，在坡上打鱼鳞坑、造梯田栽果树……

我接上说，再造一座水电站，建一个小学校，你当老师你当校长……这话你都说了够八十遍啦，这不都是做梦吗！

他那两只眼睛亮起来，大白天亮得好像两盏灯。他说，丑娃，这不是梦。

我说，到那时候你多大了？八十？九十？

他说，没关系，再建一个养老院。咱们这些老人都住进去。有医生，有护士，什么也不用发愁，吃饭、穿衣都有人管。

我说，敢情当了皇上坐了金銮殿也就是这个样了吧。不是做梦是啥呀，啊？天底下皇上只能有一个，人人都想当皇上，人人都想过皇上的日子那不是做梦是什么呀，啊？再说咱们头两年在沟里垒的坝，山水一大还不是全给冲啦，上哪儿找漫好的平地去呀？这人和老天爷作对、较劲，能有好果子吃吗，啊？咱们除了多吃了些干粮，白费了些力气，还得着啥啦？你说！

他说，咱们得有愚公移山的精神，不能一遇到困难就后退。

我说，人家愚公到最后不是还是有神仙给帮忙了吗，咱们有谁呀？除了你一个整胳膊整腿的，剩下的全都是瘤拐，全都是他妈×的残废。我们这些残废就是他娘的都变成愚公也就是一伙子瘤拐愚公，还是啥事情也办不成！

那两盏灯一下子就让我给说灭了。他摇摇头，他说，哎，你们都不理解我，你们都不知道我到底想干什么。他转过脸去打量着脚底下的一片乱石头，他说，丑娃，毛主席说“要奋斗，就会有牺牲，死人的事是经常发生的”。我有时候真想牺牲了给你们看看，我要是真的牺牲了，你们就知道我到底想干什么了，你们就知道我心里到底想的是什么了，六年了，我越来越明白，为什么牺牲对一些人是一种幸福！我知道，我说的这些话，你们都不会理解的，你们也都不会明白。一个人死了也就什么事情都不能做了。可一个人也只有死了，他才能真正地也是最后地做到了一切想做的。你们都不明白什么叫理想，这是我的责任。毛主席说，“严重的问题是教育农民的问题”。可我有时候就想，也许能让你们懂得理想的唯一的方法，就是一个人的牺牲。这是我的责任。我应当像所有革命先烈那样，用自己的鲜血唤醒群众，把人们从麻木中唤醒。这是我的责任。总有一天我要做到这一点，总有一天我要做到一切想做的。我要做到赵英杰所能做到的一切。

太阳扎到眼睛里，我扬着脸只能看见他的后脑勺，他的脸对着那一片乱石头，他的手里拄着那根被他自己的血染红了的锤把，他头上的头发因为刚才用劲太猛摔得像是一堆乱草，这堆乱草在太阳底下像着了火一样闪光。那堆石头好像是听懂了他说的话，刚刚炸开的新碴口也在太阳底下一闪一闪的。我就觉得自己真像是头不懂人话的牲口，真像一根木头橛子，我模模糊糊觉着他说的肯定是有学问的好话，可我就是咋也他妈 × 的弄不懂他到底说的是啥。他又高又大地站在太阳底下，头上的一堆乱草一闪一闪地冒着火苗，他脸前的一片乱石头也一闪一闪地冒着火苗。

我说，苦根儿，手还疼不?

他不回头。

我说，苦根儿，手还疼不?

他还是不回头。他说，丑娃，你招呼别的人都先退到隐蔽洞里去吧，我要装炸药了。

老高老高的太阳底下晃着他那一堆乱草，一动不动地立着那根血红的锤把，隔着这根血红的棍子，我就看见天柱远远地走过来了。天柱老远地就喊，苦根儿，苦根儿，收工吧，村里出事情啦！拐叔他上吊啦！

大伙都听见了。一伙子瘤拐猛一下都在那一片乱石头里站起来，都在那一片乱石头里一动不动地愣住了。太阳还在那一堆乱草上一闪一闪地冒火苗。

这回可是真的死了人啦！这回可是真的有人牺牲啦！老天爷，拐叔他这是咋啦呀？

天柱还喊，别干啦，回村吧，出事啦，拐叔上吊啦！

有人说，不能吧，昨天晚上拐叔不是还好好地开会呢吗？

天柱喘得像头牛，天柱说，我都打发我那两个娃娃去南柳村唤传灯爷去了，快走吧！

那个冒着火苗的后脑勺摇了摇，后脑勺说，我真没想到咱们村的阶级斗争这么复杂。

上吊的事情谁能想得到呀，啊？老天爷！

三十二

我就看见他的眼睛了。

我紧赶慢赶到底看见他们了，一伙人正挤在那一片乱石头里，我就喊，苦根儿，苦根儿，收工吧，村里出事情啦！拐叔他上吊啦！一群低着的头就都在太阳底下扬起来，一个一个的全张着嘴瞪着眼，好像是太阳底下冒出来一群泥胎。我就又喊，别干啦，回村吧，出事啦，拐叔上吊啦！

糊米说，不能吧，昨天晚上拐叔不是还好好地开会呢吗？

我就看见他的眼睛了。我说，我都打发我那两个娃娃去南柳村唤传灯爷去了，快走吧！不看看这是他妈 × 的啥事情，这事情能是假的吗？是假的传灯爷做了棺材叫谁躺呀，啊？你躺？糊米，你狗日的躺吗你？

糊米低下头，糊米说，你说话就这么难听，你说话就是骂人，也不知道我欠下你啥啦，你就这么恨我。

我说，糊米，你个狗日的三天不挨骂，就满嘴吣胡话。人死了能是假的吗，啊？

糊米说，也不知道我欠下你啥啦，你就这么恨我。

我就看见他的眼睛了。他好像叫这件事情一下子给弄糊涂了，好像叫这件事情一下子给吓住了。他拄着一根血红的锤把，两只眼睛里好像是灌了铅，又混又重的一动也不动。我盯着他的眼睛。今天早晨就是咱俩人去的，咱俩人去了，他就上吊了，你说吧你，这叫啥事情，你说吧你，拐叔不是为了咱俩上的吊，是为啥上的吊？咱俩人去的这事情再没第二个人知道，你说吧你，不是因为咱俩是因为谁？你说吧你。咱们这是叫办了件啥事情呀，啊？你说吧你。这下可好啦，狐狸没逮着先赔进一条命去。你说吧你。

他那两只眼睛呆得像两个石头珠子，他压根就看不见我眼睛里头说什么，他拄着那根血红的锤把摇摇头，他说，我真没想到咱们村的阶级斗争这么复杂。

我日他一万辈儿的祖宗！能不复杂吗，啊？人都上吊了，你说吧你！叫咱们“万万不可粗心大意”“万万不可粗心大意”，还是粗心大意了。这下好了，这下他妈 × 的不用扫了，扫干净了，人都死他奶奶的啦，还扫个球！你说这事情可咋办吧？

他那两个石头珠子压根就看不见我眼睛里头说什么，他又说，我真是没有想到咱们村的阶级斗争会这么复杂，太复杂了！他一边说一边从兜里掏出一把炒豆子放进嘴里嚼起来，咯嘣咯嘣的就像一匹马。

我看见他那两只眼睛了，我就知道别想指望他了，剩下这些麻烦事情全是我一个人的了。我说，糊米，今黑夜你先顶上拐叔的差事，到马号睡一宿，把那几头驴先喂上。

糊米还是低着头，糊米说，我不去，我害怕。

我说，你怕球啥呀你！一个光棍儿没牵没挂的你怕啥呀！

糊米说，要有老婆倒好啦，有人做伴儿我倒不怕了。再说铁成、三怪、捞饭不也都是光棍吗，咋就非得我去呀？

我说，我这队长就领导不了你啦，你日能的要翻天啦你！你狗日的不去，往后永辈子不用在队里干活啦，永辈子不用挣队里的工分儿啦！

糊米说，我去还不行吗。我服从还不行吗。不挣工分我喝西北风去呀？也不知道欠下你啥啦？我服从还不行吗。

我说，都还愣着干啥呀，走吧！回去还要杀羊，还要给传灯爷师徒俩派饭，还要给拐叔挖墓，麻烦事情多着呐！

一群泥胎让我给叫喊的动弹起来，等到大伙走出一截了，我叫住他，我说，苦根儿，你说这事情闹成这样了，你说咋办呀，啊？

他说，天柱，我想好了，阶级斗争越是复杂，咱们的立场越要坚定，越要把斗争进行到底！我一定要做那件事情，我就是在想，怎么做才最有利。

我就知道他根本看不见我眼睛里头在说什么，我也不打算再跟他说了。自己村里死了人，跟外人说啥呀说？自己的事情自己不办，叫人家外人操心呀，指望小姨子养儿子不是白指望？

铁成扭回身来问，天柱，你说咱们在哪儿给拐叔挖墓，在哪儿埋他呀？

我说，用问。拐叔活着的时候锄地锄到十五亩，老是说赶明儿死了就想埋在这儿。十五亩原来是他们曹家的地。一辈子也他妈×没有一件顺心的事，人都死了还说啥呀？就让拐叔高兴一回，顺心一回，就让他守着十五亩吧。

他把脸转过来，用那两个石头珠子对着我，他说，天柱，这不行，不能让一个富农分子埋在他自己的地里，这是一个政治问题，这有很严重的政治影响。

我就知道他根本就看不见我眼睛里头说什么。我说，大伙站住，咱们也民主民主，矮人坪的主要劳动力都在这儿啦，大伙说说，在十五亩埋拐叔行不行呀？谁同意谁举手！

山坡上像羊群似的沥沥拉拉散开着一伙子男人，都回过头来愣愣地看着我，一动也不动。我催他们，都他妈×的举呀！

除了他，都把手举起来了。荒天野地里晃着十来条乌黑的胳膊。

我说，行啦，少数服从多数。十五亩。

他瞪着两只眼睛看着我。看也是白看。他根本就看不见我眼睛里头说什么！

他说，天柱，今天黑夜我去马号。以后队里的这几头驴就由我来饲养，不用再派别人了，也不用给我另外记工分儿，我反正也是一个人，正好可以给队里多做一份工作。

我说，不是派了糊米了？

他说，不用，我不希望有人因为这件事情再搞出什么封建迷信活动来！说完，又掏出一把炒豆子。

我不说了。说也是白说。反正他除了会说自己的这几句话，除了炒豆子，别的什么也听不见，什么也看不见。自己的事情自己办，我谁也他妈×的不指望。

三十三

我就说了一句“不能吧”，他狗日的就要叫我躺棺材呢！我到底欠下你啥啦呀，你就这么恨我。再说那件事情能怨我吗，啊？我提着个口袋在前边走，她也不知道从哪儿冒出来了，就跟在我后头。她要是不哇哇我也看不见她。我在前边走，她在后头哇哇。我心想，我进了林子她就害怕了，她就不跟着我了。谁知道她那么大的劲呀，一股劲地跟着。谁知道就这么巧，手里就提着条口袋，你说口袋铺到地上不就是条褥子吗，啊？口袋是褥子这事情也他妈×的不能怨我吧，啊？她老是一股劲地跟着也不能怨我吧，啊？我知道你为啥这么恨我。可她老是在后头哇哇地跟着，这也不能怨我吧？我是去林子里拾橡子儿的，我提着条口袋是为了装橡子儿的。可是口袋不装橡子儿铺到地上就是褥子这件事你也不能怨我吧？林子越走越深，林子越走越密，荒天野地的除了我俩再没有别人了。你说你娶这么个又傻又哑的女人是为了啥呀，啊？你还不是跟我一样憋他娘的憋不住啦。你憋不住，我能憋得住吗，啊？再说了，她又傻又哑的，你说她是个女的也行，你说她是个母的也行。她要是个母的，你用行，我用就不行啦？再说了，口袋不装橡子儿铺到地上正好就是条褥子，这能怨我吗？荒天野地的除了我俩再没有别人，一个男的，一个女的，一个公的，一个母的，这能怨我吗？林子这么深，我就不走了，她就哇哇。我说你别哇哇啦你，你过来吧你。我把口袋铺到地上，树叶子老深，比棉褥子软和多啦。我说你别哇哇啦你，你过来吧你。她就过来了。你说，我能憋得住吗，啊？树叶子哗啦哗啦的，满天满地都是哗啦哗啦的，响得你啥也听不见，哗啦哗啦，哗啦哗啦，哗啦哗啦哗啦哗啦哗啦哗啦哗啦哗啦，满天满地，满天满地，满天满地满天满地满天满地满天满地。她就哇哇哇哇哇哇地叫。我说，我的祖宗，我的活祖宗，我的要命的祖宗呀！她就哇哇哇哇哇地叫。我知道你为啥恨我，这能怨我吗，啊？她叫得哇哇哇哇的。村里人都说，四个狗里有一个是糊米的，都说三狗就是小糊米。我哪儿能弄得清楚呀我？我倒是真想把三狗领走呢。你行吗你？她就那么哇哇哇哇的，我哪儿知道三狗是不是我的呀，啊？我说是我的，你能行不能行呀你？你不说是我的，你可这么恨我干啥呀你？就算是我欠你的，你也不能叫我躺棺材吧？我就是躺了棺材，三狗该是谁的还是谁的，该是我的还是我的。叫我躺了棺材，三狗不是你的照样还是不是你的。你恨我不是也是白恨？我哪儿知道她敢跟着我？我哪儿知道口袋铺到地上比褥子还软和？我哪儿知道树叶子那么深？我哪儿知道满天满地都是哗啦哗啦的？我的祖宗，我的活祖宗，我的要命的祖宗呀！她就哇哇哇哇哇哇地叫！

我妈生我的时候，锅里正熬着米饭，等我生下来，米饭就糊了。我就叫了糊米。那三狗就不该叫三狗，三狗应该叫口袋，没有那条口袋，哪儿能有了三狗呀！口袋呀口袋，我的儿，你啥时候能站到人前头干干脆脆地叫我一声爸呀，啊？是你爸的他就是。不是你爸的他就不是。是就是是。不是就是不是。不是啥时候也不能变成是。是啥时候也不能变成不是。不是就是是。是就是不是。三狗不是口袋。口袋就是三狗。你知道不知道呀我的口袋，我的儿！

我知道你为啥这么恨我。你恨我就是因为有了口袋。就是因为口袋长得像糊米。口袋他不像糊米还能像谁呀他？口袋就是糊米。糊米就是口袋。恨也是。不恨，也是。躺棺材是。不躺棺材，也是。满满一口袋的糊米，你狗日的恨也是白恨！我不用回头就能看见他那两只眼睛正着火呢。他一看见我，他那两只眼睛就着火。着就着吧，着火我也没法子，我也不能叫他不着。我的活祖宗，我真想哪一天照着那两只眼睛走过去，我说啥也得告诉他，三狗不叫三狗，叫口袋。生口袋的时候，满天满地都是哗啦哗啦的树叶子。我跟他说了这句话，叫我躺棺材也行，叫我上吊也行，叫我永辈子不挣工分儿，永辈子光喝西北风也行！

我知道他为什么这么恨我。他这么恨我，就是因为三狗不叫三狗，三狗叫口袋！就是因为口袋里装了满满一袋子的糊米！你恨也是。你不恨，也是！这件事情是他妈 × 的从老根儿上定的，谁也改不了，老天爷来了也改他娘不了！你恨也是。你不恨，也是！口袋就是糊米。糊米就是口袋。她老跟着你也不能怨我。口袋铺到地上就是条褥子你也不能怨我。荒天野地的就剩下一个男的一个女的你也不能怨我。你恨也是。不恨，也是。

三十四

他终于放弃了和丑娃的对话，拄着那根被自己的鲜血染红了的锤把转过身去。只垒了一半的石坝裸露着灰白参差的碴口，像一道刚刚划破的伤口悲哀地躺在山谷的中间。一阵微风撩乱了他的头发，手心里磨破的伤口像被火苗舔着一样烧疼。那个已经被无数次的想起的念头，又一次在心中掠过，苦根儿想，他们怎么能理解我呢？我是烈士的儿子，我就是我爸，我是替我爸来改天换地来了，他们怎么能理解我呢他们？一个过分渴望被人理解的人其实就是一个软弱的人。赵英杰一意孤行勇往直前的力量来自他斩钉截铁的决心，而不是来自别人的理解。

初冬的太阳像个刚做了祖母的女人，慈祥温和地把群山和人们拥在自己的膝下，轻轻地伸出手来，轻轻地抚摸着山顶荒凉的枯棘和头顶上被风吹乱的头发，轻轻地拥抱起苦根儿心里像山岚一样深远而又迷离的怅惘。身边这一群劳作的男人，不时地把手中的工具在那些炸开的石头上碰撞出叮当的脆响。这叮叮当当的声音像一颗颗冷硬的石子，一个接一个地跌落到怅惘中来，把原本就是迷离的怅惘，丈量得又深，又长。褪尽了绿色，落尽了树叶的高原只剩下纯粹的空旷和辽远，只剩下纯粹而又浑厚的灰黄。一年四季，苦根儿觉得自己只属于冬天的高原。站在这空旷辽远的灰黄当中，他会被自己莫名的怅惘深深地打动，他会觉得自己身不由己地获得了俯视尘寰的孤独。无尽的怜惜从他的眼睛里涌流出来，他用自己的怅惘和孤独一遍又一遍地涂抹了无语的群山，又因为这些无语的群山而生出无穷无尽的怅惘和孤独；叮叮当当的敲打声敲打着它们，仿佛冷风摇动着树梢上最后的枯叶，耐心地等着它们的脱落，等着它们用自己的飘零给这空旷辽远的高原做最后的注解。然后，一切都会归于一场茫茫大雪，归于一场漫山遍野的白色的覆盖。

六年来的每一个冬天，苦根儿都要来到这些深深的山沟里，来到这些石头面前。这已经成了一条铁打的戒律。按照苦根儿的设想，矮人坪大大小小十二条山沟，平均每两年用炸石垒坝的方法改造一条山沟，应当用二十四年的时间完成计划。矮人坪全部的男劳力加在一起老老小小也不过十三个人，十三个人里除了自己，剩下的全都是瘤拐。所以，打锤、放炮这一类最重最险的活都只能由自己一个人来承担。苦根儿心里非常明白，这个二十四年改造山川的计划，已经事实上成了自己一个人的计划，事实上成了对自己决心和意志的考验。面对这些石头，还是逃避这些石头，已经纯粹成了对自己存在的证明。矮人坪的山山岭岭亘古而来，它们已经不知默默无言地躺在这多少年了，可千百年来它们第一次因为自己的存在，因为自己面对了它们，这些石头、这些黄土才第一次具备了存在的意义。每一年冬天经过艰辛劳动之后垒起来的石坝，到了夏天又几乎都被洪水冲毁殆尽。可每年的冬天一到，苦根儿就会照样再把自己的队伍带到山沟里来。这已经成了无动于衷的大山和一个人的钢铁意志的较量。苦根儿明白自己已经没有退路，自己已经根本不能停下来，停下来不仅仅意味着六年来的全部努力丧失殆尽，更意味着自己将彻底的化为乌有，自己就将变得和这些黄土、石头一样毫无意义。高原在给了自己俯视尘寰的台座的同时，也给自己设下了深不可测的陷阱。那将是一个无论时间还是历史都不可能填满的深渊。

在这场较量中唯一能够困扰苦根儿的就是常常袭击而来的饥饿。在寒冷天气中的超常的体力劳动，使苦根儿的饭量越来越大。可不管吃多少，也还是会饿。饥饿常常会像洪水淹没沙滩那样，从肌肉和骨髓的深处汹涌澎湃地没顶而来，苦根儿只好在抑制不住的颤抖中放下手中拿着的任何工具。饥饿会毫不留情毫无理性毫不退缩地提醒苦根儿生命的存在，和存在本身的致命的弱点。为了制服饥饿，苦根儿按照老乡们的办法，用沙土炒了许多豆子和玉米装在衣袋里。只要觉得饿了，他就一把接一把地把这些焦黄的弹药填进嘴里去，凶猛的咀嚼在嘴里咯嘣咯嘣地响成一片，豆子或是玉米就在牙齿和舌头之间变成香甜的汁液，去滋润耗尽了的意志和力量；每到这时，两腭之间滚动的肌肉，会使他看上去不像一个人，更像一匹马。

当他转过头来面对着气喘吁吁的天柱的时候，猛烈的饥饿正像山崩一样在腹内塌陷下来。有那么一刻，苦根儿有点分不清到底是拐老五上吊的消息，还是肚子里的饥饿弄得自己眼前一片空白。他分明觉得额头上正有一层虚汗冒出来。他慌忙抓出一把炒豆子，把它们和拐老五上吊的消息一起吞进饥饿之中。

天柱说，苦根儿，苦根儿，收工吧，村里出事情啦！拐叔他上吊啦！

苦根儿说，我真没想到咱们村的阶级斗争会这么复杂。

苦根儿这样说的时候，牙缝里和舌头上塞满了炒豆子粗糙的碎末，塞满了浓浓的炒豆子的香味。苦根儿实在想不出拐老五为什么要上吊。一切都是按照党的政策进行的，一切也都是才刚刚开始。这个突如其来的事件，使得眼下刚刚开始的斗争变得像一只转动的万花筒一样难以预测。被吊到房梁上去的不仅仅是一个富农分子拐老五。自己心里设想好了的阶级斗争的成果，还没有开花，也被首尾倒置地挂到了那间满是马骚味的屋子里，也被空荡荡地挂到了那个肮脏的房梁上。

苦根儿艰难地从这个突如其来的消息，和也是突如其来的饥饿中回过神来，一时很难做出决断。满地的碎石中躺着那条只垒了一半的石坝，那石坝裸露着灰白的碴口，像一条在山野间刚刚剖开的伤口，难看地躺在灰黄的山谷中间。一道冷白的溪水从石缝中间挤出来，又冷冷地无声而去。

苦根儿说，我真是没有想到咱们村的阶级斗争会这么复杂，太复杂了！

冬天的太阳，在这一群劳作着的男人的头顶上挂着，又高，又白。

三十五

那条刚垒了一半的石坝就在那儿躺着，一回头就能看见。人们都走得散开了。有的上坡了，有的还没有上。看看左右没人，我就叫住他。

我说，糊米，又挨骂了吧？

他就嘿嘿，他就跟我绕弯子。他说，嘿嘿，一个烂社员儿谁想骂就骂他妈×的吧。

我说，糊米，人家咋不骂我呀？你狗日的到底欠下人家啥啦呀，啊？你是欠人家一个狗吧你？

他就又嘿嘿，他就不拐弯儿了。他说，嘿嘿，欠人家一个狗也是欠下了，欠下了也是没法子。欠人家一个狗还能不叫人家骂呀？

我说，这话你咋不当着天柱说呀？

他说，嘿嘿，嘿嘿。

我说，光嘿嘿，说去呀！

他说，嘿嘿，要说了，这回上吊的就轮不上拐叔了。

一提起拐叔就都不说话了。光听见呼塌呼塌的脚步声。那条刚垒了一半的石坝就在沟底下躺着，一动也不动，一回头就能看见。一伙人就是从那儿呼塌呼塌地走过来的。还要呼塌呼塌地走回村去。

我说，糊米，你说人这一辈子呼塌呼塌走过来走过去的，到底是要干啥呀，啊？

他笑笑，他说，丑娃，这你不能问我，你得问那走到了头的。

我说，谁是走到头的？

他说，拐叔。

我说，废话。死人能问？

他又笑笑。他说，这个世上凡是活着的都是没有走到头的。你还没走到头，你哪儿知道自己到底是要干啥呀？凡是死了的都是走到了头的。你走到头了，你才能知道自己到底是要干什么。可知道了也是白搭，也是不能告诉别人。你使多大的劲也他妈×的别想打听出来。拐叔现在就是走到头了，可谁也打听不出来拐叔到底是要干什么了。

我说，你说拐叔他是咋啦呀？你说他是为了啥呀他？

他说，拐叔他也是糊涂。他是和老天爷抢路走呢。其实人活一世不管你是干啥的，也不管你是享福的还是受苦的，到最后，老天爷都是只给你留下一条路，到最后都得死。你愿意得死。你不愿意也得死。拐叔是和老天爷抢路走呢，他真是糊涂。你说你抢啥呀抢？是你的，它就是你的。不是你的，它就不是你的。不是你的，抢到手了不是你的它就还不是你的。没抢到手，是你的它也还是你的。是就是是。不是就是不是。不是就是是。是就是不是。拐叔他这一辈子，除去喂了几头驴，什么也没有，什么也不是，你说他有什么抢头？你急也得死。你不急也得死。反正是个死。反正就是那一条路。你愿意也得走，你不愿意也得走。你根本就没有别的路走。你说他急啥呀急？拐叔他真糊涂。

我就骂他。我说，你狗日的说的这都是啥呀？绕过来绕过去的，就像是磨道里的驴。

他说，还不如磨道里的驴呢。驴还有个卸磨的时候。人一辈子连个卸磨的时候也没有。拉过来，拉过去，还没等到老，等到拉不动呢，就又把小的生下来了。生了拉，拉了生。没完没了没完没了的。拐叔他除了那群驴，连老婆孩子也没有，你说他抢啥呀抢？

我说，真是光棍，说三句话就离不开老婆孩子。

他说，那是。拐叔他要是有个老婆在身边，有几个孩子缠着，他还能上吊吗？我就是想要个老婆。我要是有了老婆，不打她，不骂她，有好吃的让她先吃，有新衣裳让她先穿。我要和她生上一堆孩子，把孩子们都养大，再看着孩子们生孩子。我觉着天底下再没有能比这更好更美的事情了。

我就笑。我说，你还不如别人呢。别人的磨道里跑的是自己的老婆孩子。你狗日的磨道里除了你自己再没别人，有个儿子还跟在别人磨道里瞎跑。

他就笑。他就嘿嘿。他就说，口袋呀口袋！

我就又骂他，狗日的真是想老婆想疯啦？胡说八道开了！

他就又笑。他就又嘿嘿。

那条刚垒了一半的石坝就在沟底下躺着，又远，又深。一回头就能看见。新打开的石头碴口叫太阳一照，白生生的，白得扎眼。一道冷亮的山水叫它挡住了，接着，又从石头缝里挤出来，又冷，又亮地流走了。一伙人就是从那儿呼塌呼塌走过来的，还要呼塌呼塌走回村去。

天柱猛一下子扯天动地地唱起来，憋得满脸通红，憋得满脖子的粗筋。

那条刚垒了一半的石坝就在沟底下一动不动地躺着。新打开的石头碴口白生生的。远远看上去，就像是沟底下躺着一具一动也不动的尸首。

你说拐叔他这是为了啥呀他？

三十六

我日他一万辈儿的祖宗！活着的糊涂！死了的也糊涂！

薛猛马上泪如梭，
扭回头儿望阳河。
望不见阳河一块土，
望不见五营小哥哥。
打马我从柳林过，
见薛刚气得我颤嗦嗦。

活着的糊涂！死了的也糊涂！我日他一万辈儿的祖宗！

三十七

传灯爷传灯爷我爸叫你和二牛哥哥赶快去给拐爷做棺材去呢我们啥也没看见我们就是吃了一把煮豆子拐爷的头上有根绳子刘主任就用斧头把他给砍下来啦村里的人都看见啦就是他砍的他一砍拐爷就掉下来啦你们快去吧我爸还在村里等着你们呢我们还要买烟呢我爸说差一分钱他就捶死我俩呀

三十八

他们拴住我绿的在里头绿的在里头绿的不说话绿的不理我他们拴住我绿的在里头绿的不理我他们拴住我

三十九

我知道他不愿意。可我是领导。知道什么叫领导吗，啊？领导就是你愿意，也得领导你；你不愿意，也得领导你。愿意不愿意都得领导你！

我说，行啦，再看，现场也就是这个样了。是自杀。不用看啦。跟我到窑里去吧，我给你布置布置工作。

他翻起眼睛看看我。他不动。我知道他不愿意。可我是领导！

我说，走吧，苦根儿。我还要到别的生产队去传达文件呢，一会儿还要回公社去。临走前得和你谈一谈，布置布置工作。

他就跟在我身后。我知道他不愿意。可我是领导！

回到窑洞里我说，苦根儿，把你的本本儿拿出来，领导布置工作你得记一记。

他掏出本来，看着我。我知道他不愿意。

我说，一共三条：第一条，富农分子曹永福畏罪自杀，充分说明了矮人坪阶级斗争的尖锐性和复杂性。第二条，得利用这个事情掀起大批判的高潮，一定要把富农分子曹永福的罪行一条一条揭透、批透。第三条，把这件事情写个材料报到公社，得引起其他生产队和其他单位的注意。

他不说话，他一条一条地记。我知道他不愿意。

我说，苦根儿，这个问题还真是个问题。你说要是反面儿教员都死他妈×的了，光剩下咱们这些正面儿的，这个阶级斗争还真是不好闹了，往后的政治运动也真是他妈×的不好搞啦。

他看着我。他说，我确实没有想到矮人坪的阶级斗争会这么复杂。确实没想到。

他就那么看着我。我知道他想说什么。我知道他心里想的是什么。你再复杂，也不能复杂到领导身上吧你？你以为你比我多认了几个字儿，你就了不起啦？你就啥都行啦？你就想干啥就干啥？你认的字比我多，你经过的枪子儿有我多吗，啊？我干革命的时候还是枪子儿满天飞呢，你知道吗你？王政委倒在我怀里的时候你在哪儿呢你？我跟王政委宣誓的时候你在哪儿呢你？我跟王政委说我一辈子也不走，一辈子守着他。你以为这是念几句毛主席语录就能念出来的，啊？

他又说，刘主任，你放心。我们一定要把矮人坪的阶级斗争进行到底！不取得胜利决不罢休！

我知道他不愿意，我知道他想干什么。可你再进行，也不能进行到领导身上吧你？我在这儿干了半辈子啦，你才来了几天呀你？你以为你多认了几个字就啥都敢干啦你？

我拍拍他的肩膀，我说，苦根儿，好好干。这次对你也是个锻炼的机会。领导在要好好工作。领导不在也要好好工作。我现在就得回公社去。跟我走一段，我再和你说说。

他就在后头跟着我。走到村口的土崖底下他停住了。他翻起眼睛看看我。我知道他想说什么。我就把那几张空白介绍信掏出来递给他。

我说，苦根儿，给，这是几张空白介绍信。你可别小看了这几张纸，这是公社党委对你的信任，是党给你的权力。你是烈士的孤儿，党就得依靠你这样的接班人。

他不说话，他又翻起眼睛看看我。我知道他想说什么。

我说，对，不叫苦根儿，叫赵卫国。赵卫国同志，矮人坪清理阶级队伍的大事情就全靠你了！将来要是需要搞个外调，到县委办个手续啥的，这几张纸就能顶事。还有什么困难尽管向公社反映。公社党委早就知道你的入党申请了。好好干，在大风大浪里干出成绩来，我给你当入党介绍人！

他还是不说话。我知道他想说什么。你以为我不敢说呀你？在我自己的地面儿上，我要不敢了，谁还敢呀，啊？说就说！说开了，我倒要看看你能干什么？

我说，苦根儿，你还小，还没娶过媳妇，不知道熬媳妇是啥滋味儿，你哪知道这些事情呢，暖玉那儿收拾得又干净，饭又做得好。咱这穷地方，把革命工作做完了，就没啥干的，就没啥娱乐的。我来矮人坪下乡，哪一回也是住在暖玉那儿，暖玉院里是两孔窑么，我住一孔，暖玉住一孔么。行啦，你就别盯着我啦，还是把这回的阶级队伍清理好吧。

我说完了，我就走。我倒要看看你能干出什么事情来！我倒要看看你能把我怎么样！毛主席说“领导我们事业的核心力量是中国共产党”。你知道领导黄土峪人民公社的核心力量是谁吗你？啊？就是他妈 × 的我——！

四十

他在后头拽我，我不理他。我就使劲儿吸了一口气。还没有进门就闻见这股味儿了，我就又使劲儿吸了一口气。真香呀！真好闻呀！糖味儿，烟味儿，酒味儿，煤油味儿，饼干味儿，麻绳味儿，全混在一块儿啦。在家里就从来没有闻过这么好闻的味儿。我欠着脚把钱举到头上的时候，我就看见那满嘴的大黄牙了。他在后头拽我，我不理他。

我欠着脚趴到柜台上，满眼睛都是花花绿绿的，我就使劲儿吸了一口气，我把钱举到头上，我就看见那满嘴的大黄牙了。

我说，我买一条绿叶烟，一块四毛钱，给你两块钱，你得找我六毛钱，差一分钱也不行。我爸说，差一分钱就捶死我呀！

大黄牙就笑。大黄牙不接钱，大黄牙低下头说，哪村儿的？

我说，矮人坪。

大黄牙说，谁家的？

我说，天柱是我爸。

大黄牙就又笑，大黄牙说，哦，就是那个傻憨憨生的两个狗呀。

我把钱举到头上，我说，我买一条绿叶烟。

大黄牙就还笑，大黄牙说，差一分钱也不行？憨憨生的儿子也不傻呀？

我说，我买一条绿叶烟。

这个狗日的大黄牙！他就在后头拽我，我不理他。他就说，哥，我想吃个糖蛋蛋，我想吃个糖蛋蛋。我转回身来搡了他一把，我就骂他，你狗日的又是肉痒痒了吧你？我又把他拉过来，我说，二狗，咱们不吃糖蛋蛋，你闻闻这儿的味儿多好闻呀，你闻闻，你使劲儿闻闻！他就揉着脸哭起来，哥，我想吃个糖蛋蛋。

大黄牙就笑，大黄牙说，你还敢吃糖蛋蛋？差一分钱，你爸就要捶死你俩呀，你还敢吃糖蛋蛋？快跟你哥回家吧你！

这个狗日的大黄牙！

大黄牙一边说，一边把烟递过来。我接过烟，接过钱，数了数，是六毛。这个狗日的大黄牙！我抽出一张举到他脸前头。

我说，买一毛钱糖蛋蛋！

大黄牙说，敢买？差一分钱你爸就要捶死你呀！

我说，买一毛钱糖蛋蛋！

大黄牙说，真要买？

我说，买一毛钱的糖蛋蛋！

大黄牙抓过一把糖，大黄牙说，二分洋一块，一毛钱五块。

我接过糖，数了数，是五块。这个狗日的大黄牙！我就都抓过来递给他，我说，二狗，给，你吃吧你。

二狗就笑了。二狗抓起一块糖放进嘴里，二狗说，哥，甜。

我就骂他，你个狗日的甜啥呀甜？你连皮皮也没剥呢你！

二狗吐出糖来，剥了糖纸，又放进嘴里去，二狗说，哥，真是甜着哩！二狗拿出一块递给我，二狗说，哥，你也吃。

我说，你吃。哥不想吃。这个狗日的大黄牙！我说，二狗，咱们快走吧，拐爷还等着咱们的烟办事情呢。

走出门来，二狗说，哥，爸要捶咱们可咋办呀，哥？

我说，不怕，反正是吃了糖蛋蛋了！

二狗说，爸非得捶死咱俩不可。

我说，不怕，我就说我弄丢了一毛钱！

二狗又拿出一块糖递过来，二狗说，哥，你也吃吧你。

我拿过来放进嘴里，狗日的，真甜呀！

我说，二狗，你记住，这个狗日的大黄牙是个坏蛋！咱们以后长大了，有了钱，都不买他的东西，一分钱也不买他的！

二狗说，哥，记住啦。哥，真甜呀哥！

我说，二狗，你记住，天底下的大人都是坏人！咱们以后长大了，就不当坏人，就要当好人，气死他们！

二狗说，哥，我记住啦。哥，咱们都是瘤拐，咱们都长不大。哥，真甜呀，哥。

四十一

左边的柱子挂一盏灯。右边的柱子也挂一盏灯。两盏灯一挂，就把土地庙的戏台给照亮了。今天这台戏是小五的压轴戏。两盏灯一挂，就把那几块刚锯出来的杨木棺材板照得白生生的。小五还在马号里躺着，等着躺我给他做的这口棺材。来的时候我就知道今天得熬夜，就叫二牛把两盏灯都带上了。左边的柱子挂一盏灯，右边的柱子也挂一盏灯，两盏灯一挂，就把小五的这台压轴戏给照亮啦。想听也得听。不想听也得听。小五，你说你急啥呀急？怕死在我后头，躺不上我做的棺材啦？比我还小二十岁呢，你急啥呀急？使完了大锯，使小锯，使完了小锯，使锛子，使完了锛子，使刨子，使完了刨子，使凿子，使完了凿子，使斧子。想听也得听。不想听也得听。两盏灯一挂，就把小五的这台压轴戏给照亮啦。天柱问我在哪儿做活？用问？谁愿意在自己家当院里摆上口棺材？除了庙里还能上哪儿去？我这一辈子就做了两件事情，盖了房子住活人，做了棺材住死人。我都做了一辈子啦我。你说你急啥呀你急？

二牛！线！看看墨线！不看看歪成啥啦？你狗日的还要锯回南柳去呢你！叫你锯板呢，叫你扭秧歌呢？挂两盏灯也看不见？瞎啦？

说，他们不懂。不说，他们也不懂。他们哪儿知道什么叫棺材？就弄这么两块杨木板子钉个木头盒子，就叫棺材？我做的那棺材他们压根儿就没见过。人家老邸家二奶奶的棺材那才叫棺材。一水的柏木，足足的三寸厚，做出来宽头窄尾往那儿一放，不用上漆就是亮的。给二奶奶钉棺材盖的时候，我往里看了二奶奶一眼。二奶奶扑了粉，描了眉，一身的大红绸子，绣了满身的卍字金边，金耳坠，金手镯，小脚上一双绣花鞋。活活是把一个戏台上的娘娘给钉进棺材里去了！二奶奶是过好日子过腻了，吞鸦片死的。你有什么呀你，啊？除了这几块杨木板子，你什么都没有，你可急啥呀急？

二牛！线！看看线！手上错一分，锯上错一寸。白教你啦？忘啦？我剁了你那手！

火上的胶锅早就开了。烟从锅边上蹿出来，在戏台上转了一圈，又一圈。好像是非要把戏台和黑天分开，又好像是害怕外边的黑天挤进来。左边一盏灯，右边一盏灯，两盏灯一挂，就把小五的棺材板照得白生生的。我得给他把胶熬好，熬透。我得给他把板子粘结实，钉牢靠。得埋到地里十年二十年不裂缝，不开胶，不走榫。不裂缝，不开胶，不走榫，它不也是个棺材吗？啊？做得再好它也是棺材呀！谁也一样，早晚都得躺一口棺材。我都做了一辈子啦。你说你急啥呀你？

二牛！开开锯吧！不听听都是啥声音啦？这么钝你拉着就不费劲？连骡子都知道个拉轻车，你狗日的连骡子也不如啦你？拿锉！

哎，谁也急。都是急。急着生，急着死。急着住房子。急着躺棺材。急着剁树。好像生怕自己错过什么东西。其实，老天爷早就定好了。世上有多少人，地上就有多少树。你活八岁，是一棵树。你活八十岁，也是一棵树。都是老天爷定好了的。哎，都剁光啦。就是剁。就是剁。谁也不想想剁得光剁不光？谁不想想剁光了以后可咋办？就是剁。就是剁。一座山，一座山的都剁光啦。一座山，一座山的就剩下人，站满了人。等到人倒下了，才想起树来。和老天爷抢东西呢？都是光光的，上哪儿找去呀，啊？现在找一棵好树，比找一棵人参还要难！都是光光的了，还抢什么呀抢？什么都没有了，还急什么呀急？是抢的老天爷的呢？还是抢的自己的呀？啊？

二牛！给锯条蹭点油吧，拉着轻巧。油角在背箱里。你找找。

东边的柱子挂一盏灯。西边的柱子也挂一盏灯。两盏灯一挂，就把戏台照亮了，就把小五的这台压轴戏给照出来了。两盏灯一挂，就把这几块棺材板照得白生生的，白得扎眼睛。除了这几块棺材板什么也没有。就有这堆火和火上的这口胶锅。烟从锅边上蹿出来，在戏台上转了一圈，又一圈。好像非要把戏台和黑天分开。又好像害怕外边的黑天挤进来。人家二奶奶有金耳坠，金手镯，有一身的卍字金边儿，人家二奶奶还有鸦片。小五，你可有什么呀你？你除了给队里喂了几头驴，除了这几块杨木板子，什么也没有。

二牛！多蹭点油，拉着省劲。多蹭。

两盏灯一挂就把小五的这台压轴戏给照亮啦。除了这几块杨木板子，这台戏什么也没有。不是天柱做主，你连这几块杨木板子也没有。比我还小二十岁呢！小五，你说你急啥呀你急？催得我和二牛在这给你熬夜。除了这几块木板子，你这台压轴戏什么也没有！

四十二

我还没在戏台上做过活。我也没在戏台上做过棺材。她就是那么说的，她说，你长得真像我二弟呀你！你俩咋长得这么像呀！她裹在那件碎花棉袄里，红红的，紧紧的，就像是画上的那个李铁梅。她就是那么说的。我就吃。我还没吃过这么香的饺子。两盏煤油灯一挂，把戏台照得明晃晃的。把拐爷的这几块杨木棺材板照得白生生的。我就哧啦哧啦地锯，我还没在戏台上干过活。我也没在戏台上做过棺材。

师傅就骂，二牛！线！看看墨线！不看看歪成啥啦？你狗日的还要锯回南柳去呢你！叫你锯板呢。叫你扭秧歌呢？挂两盏灯也看不见？瞎啦？

和师傅一起坐在窑里的土炕上。师傅坐正首，我坐旁边。她把那一大钵碗的羊肉饺子端上来，她说，传灯爷，你俩快吃吧。然后，她就转过头来看着我笑。她裹在那件碎花棉袄里，就像是画上的那个李铁梅。

她说，你咋长得这么像我二弟呀你？你俩长得真像呀！连名儿都像。我二弟叫虎牛，你叫二牛。你咋长得这么像呀！今天下午才杀的羊，快吃吧，管你香！

我就吃。我还没吃过这么香的饺子。

师傅说，二牛！

我就放下碗。我知道，师傅是嫌我吃得太响，吃得太下作。

她就笑了。她说，那怕啥呀？一个吃饭，谁爱咋吃谁咋吃。就是吃得香呗！你快吃呀二牛！

我就又端起碗来。我就又吃。我还没吃过这么香的饺子。

她说，你俩连吃饭也像。你真是像他呀！你俩咋这么像呀你俩！

我就吃。师傅也吃。她不吃。吃完了她就收拾。

师傅说，你咋不吃。

她说，肉，面，都是队里的。都是给拐叔办事情预备的。给拐叔做活的才能吃。不做活的不能吃。

师傅说，你不是也给他做寿衣啦？

她说，那不是队里派的活。那是我情愿。

我说，你好好的一个人，为啥非要住在这个瘤拐的村里呀？

师傅说，二牛！

她就生气了。她不抬头我也知道她是生气了。她低着头刷锅，锅刷子在锅上刷得一下比一下狠。我使斧子砍木头也用不了那么大的劲。

她不抬头看我。她说，北京、太原不是比咱们这儿强多啦！那你好好一个人为啥不住到北京、太原去，为啥非要住在咱们这穷地方呀，啊？

她一下子就把我给问住了。她把我问得挺难受。问得我一句话也说不上来。

师傅说，二牛，咱们走吧。他还在马号等着咱们呐。

我就跟着师傅往外走。我真不知道她会生气。我要知道她生气，我就不说那句话了。

她说，传灯爷，等会儿烧了水，我给你们送去。

我赶紧说，不用，不用。我来拿！我来拿！

她还是不理我。我就说，我不知道你生气，要知道，我就不说了。其实，矮人坪也挺好的。我也挺想住在矮人坪的。真的。我要知道，我就不说了。

她就笑了。她说，这么小个人倒学会哄人啦？矮人坪要是真好就不叫矮人坪啦。其实，人就和树一样。生在哪儿，长在哪儿，都不是他自己能挑的，都是命。

师傅就在院子里催，二牛！

她就又说，你和我二弟长得真像呀。真不知道天底下还有长得这么像的！

师傅又催，二牛！

我赶紧走出去，走到黑天里。她站在敞开的门框里，灯从身后照过来，她镶在一片亮光里，红红的，紧紧的，真像是画上的那个李铁梅。

我还是头一次在戏台上做活，还是头一次在戏台上做棺材。头一次做就是给拐爷做棺材。师傅催得紧，我就哧啦哧啦哧啦哧啦的使劲地锯。你说她好好的一个人为啥非要住在这么个瘤拐的烂地方呀？

师傅又骂开了，线！看看线！手上错一分，锯上错一寸！白教你啦？忘啦？我剁了你那手！

喝了两碗汤也还是渴。也不知道她的水烧好了没有？她好好的一个人为啥非要住在这么个烂地方，非要住在矮人坪呢？拐爷倒是在这儿生，在这儿长的，可拐爷为啥就把自己的根给拔了呢？也不知道她的水烧好了没有？她咋还不来呀她？她裹在那件碎花棉袄里，真像是画上的那个李铁梅。

四十三

我坐在蒲团上用腿和胳膊夹着草捆子，一点一点地往里入。他就一刀一刀地铡，咔嚓，咔嚓，咔嚓。一指多宽的谷草就像饼一样，一层一层地倒到铡刀的外手。他的手上裹了一条手绢，铡一刀，皱皱眉，铡一刀，皱皱眉，铡一刀，皱皱眉。汗珠就从他的眉毛尖儿上落下来，铡一刀，落一颗，铡一刀，落一颗，铡一刀，落一颗。

我说，苦根儿，换换吧。

他说，不用。你入草比我入得好。

我说，看看你那汗，看看你的手？

他说，不怕。糊米，不是说寸草铡三刀，不肥也上膘吗。

我说，它再上膘，它也是牲口。咱们不是人吗！

他说，不怕，再铡两捆就够了。

我说，那就歇歇。

我就把草捆子从刀口上撤下来。他直起身撩起衣襟抹了一把脸上的汗，马灯就把他的脸照得红亮红亮的。他从兜里抓出一把炒豆子，咯嘣咯嘣地嚼起来，香得像是一匹马。他看看我，他笑了，他说，我饿了。他就又从兜里抓出一把递过来，他说，你吃不吃？

我说，吃。

我也咯嘣咯嘣地嚼。香得就像两匹马。

从黑天里传过来哧啦哧啦的响声，是传灯爷和二牛在给拐爷做棺材锯木头呢。二黑还在那儿刨，刨一下，咚一声，刨一下，咚一声；刨够了就啊儿啊儿地叫。二黑他这是咋啦他？真通了人性啦？真知道拐叔上吊啦？真知道拐叔死啦？那扇窗户也还敞着，像是个大黑窟窿。拐叔就一声也不吭地躺在那个大黑窟窿里。拐叔他是死啦。拐叔他是上吊啦。拐叔他是不能说话啦。拐叔一动也不动，一声也不吭地躺在那个大黑窟窿里。不知道冷，不知道饿，不知道天黑天亮，不知道传灯爷给他锯木头，不知道二黑在那刨地，不知道我和苦根儿在这铡草，拐叔他什么也看不见，什么也不知道，什么也不能说，什么也不是啦。拐叔，你说你和老天爷抢啥呀抢？你说你急啥呀你急？你不抢，也是老天爷预备好了的。你抢，也是老天爷预备好了的。你什么都没有，什么都不是，你抢啥呀你？是你的，就是你的。不是你的，抢来也不是你的。是就是是。不是就是不是。不是就是是。是就是不是……哧啦哧啦哧啦哧啦哧啦哧啦……天黑得像他妈 × 个锅底，地也黑得像他妈 × 个锅底。传灯爷就在那哧啦哧啦哧啦哧啦地锯，好像要把这锅底从中间儿锯开。传灯爷你咋不早点儿来呀你，你要是早点来，早点把这黑锅底锯两半儿喽，锯塌喽，就省得拐叔上他妈 × 的吊了，就省得我在这铡草，省得我什么也不是了。听老人们说，最老以前没有天，没有地，没有山，没有林子，没有人，没有庄稼，没有牲口，啥他妈×的也没有；就有两口大黑锅那么一扣；后来，出了一个叫盘古的神人醒过来了，抓起一把大斧头，抡足了力气那么一砍，就把天和地给分开了；打那儿起就有了天，有了地，有了山，有了林子，有了人，有了庄稼，有了牲口，啥他妈×的也有了。这个盘古他肯定是个木匠，要不，他上那儿找来的斧头呀？盘古这么一砍，就砍出没完没了的朝代，砍出没完没了的是是非非，砍出没完没了的生生死死，就砍出一个上吊的拐叔，砍出一个糊米和他的口袋，砍出一个铡谷草的苦根儿，砍出一个天天骂糊米的天柱，砍出一个刨地的二黑……没完没了没完没了没完没了……哧啦哧啦哧啦哧啦哧啦哧啦……传灯爷你咋不早点来呀你，你和二牛要是没劲儿了，我帮你们俩拉，咱们非把盘古劈开的这两口大锅再给它锯两半儿，给它锯塌喽！那就没有没完没了，那就没有什么都不是了。二黑又啊儿啊儿地叫开了。二黑呀二黑，你别哭啦你，你叫不回来他了。拐叔他上吊了，拐叔他死了他。你哭，他也是不知道。你哭，他也是听不见了。拐叔他是死了，死了就是什么都不是了……哧啦哧啦哧啦哧啦哧啦哧啦……没完没了没完没了没完没了……

他就催我，他说，糊米，咱们快点铡吧。你看二黑饿得直叫唤。

他就知道铡草。他啥他妈×的也不知道！

我说，苦根儿，你今黑夜留神着点二黑。我看二黑这狗日的有点不对劲儿，他好像是知道拐叔上吊，知道拐叔死啦！

他说，糊米，二黑是驴。驴怎么能知道人的事情？你不用弄这套封建迷信。

他就知道铡草。他啥他妈 × 的也不知道。

我说，苦根儿，你放着城里好好的不住，非要跑到我们矮人坪来受苦，你到底是想要干啥呀你？

他摇摇头，他说，说了你也不明白，说了你也是不知道。你们都不理解我到底要干什么。你们也不可能理解我到底要干什么。铡草吧。

他就知道铡草。他啥他妈 × 的也不知道！

天还是那么黑。传灯爷还在那儿哧啦哧啦地锯。二黑还是咚一声、咚一声地刨。

我就又坐在蒲团上，我用腿和胳膊夹住草捆子，一点一点地往里送。他就又一刀一刀地铡。咔嚓，咔嚓，咔嚓。一指多宽的谷草就又像饼一样，一层一层地倒到铡刀的外手。铡一刀，皱皱眉，铡一刀，皱皱眉，铡一刀，皱皱眉。汗水就又从他的眉毛尖儿上落下来，铡一刀，落一颗，铡一刀，落一颗，铡一刀，落一颗。咔嚓咔嚓咔嚓咔嚓，没完没了没完没了没完没了。

正铡着她就来了。伸着个手哇哇哇哇地朝这儿走。谁也不知道她要干啥，谁也不知道她要说啥。

我说，你来干啥呀你？又他妈 × 的不用你喂牲口。

她就哇哇哇哇。

苦根儿说，你快回家吃饭吧你，天柱又该等得着急啦！走吧你。

她就哇哇哇哇。

我说，你到底是要干啥呀你？

她就哇哇哇哇。

二黑还在那刨，刨一下，咚一声，刨一下，咚一声。传灯爷和二牛也还在那儿锯，哧啦哧啦，哧啦哧啦。我俩就还在铡草，咔嚓咔嚓咔嚓。谁也不知道谁。谁也不知道谁到底要干什么。没完没了，没完没了的。谁要知道了，谁就成了木匠，谁就成了盘古了。

四十四

红的红的红的红的红的站在这儿绿的绿的绿的绿的绿的在里头绿的不说话绿的不理我绿的不喂我绿的在里头绿的不喂我

四十五

哇哇哇哇……呜哇哇哇哇……呀哇哇哇哇……

四十六

二黑呀二黑，你别刨啦你，你就不累呀你，你咋这么不听话，这么让人不放心呐你？我早起不是跟你说了吗，等你干了活回来就看不见我了，现在躺在里屋的那个不是我，你怎么就不明白呀你，啊？你想想呀你，那个要是我，我能不理你吗？我能不喂你吗？整个天底下我最心疼的除了你还有谁呀，啊？你怎么就不明白呀你？我上吊了。上吊了就是自己用绳子把自己勒得不能喘气了。不能喘气了，就是死了。死了就是不能说话了，不能动弹了，不能摸你了，不能喂你了，不能心疼你了，死了就是死了，就是没有了，就是永辈子也看不见，永辈子也摸不着，就是不能生气，不能高兴，不能伤心，不能想家，不能离家，不能回家，不能爱你，不能哭，不能笑，不能吃，不能喝，就是什么都不能啦。二黑，二黑，你怎么就不明白呀你？你刨，你叫，你哭，都没用啦。我现在也张不开嘴了，我说话你也听不见啦，该说的话早上我都跟你说完了。你就不想想，要是没说完，没嘱咐完，我能舍得离开你吗，啊？二黑，你别刨了，别叫了，别哭了。你不能跟死生气，也不能跟死伤心，也不能跟死哭，你跟死生气，跟死伤心，跟死哭，就是跟自己过不去。二黑，你想想，你咋能让死和你说话，让死心疼你，让死喂你呀？二黑，你别老是刨，老是哭，二黑，你抬起头来看看天。你看看天现在是什么样的呀，啊？你看见啥啦二黑？除了黑天黑地，你什么也看不见吧，啊？你能知道那黑有多深，那黑有多大，那黑有多远，那黑有多长吗，啊？你知道那黑从哪儿来，到哪儿去吗，啊？你知道那黑是从什么时候开始，那黑是到什么时候没有吗，啊？二黑，别哭。你要是非要见我，你就抬起头来看看这黑天，看看这黑地，这没边，没沿，没头，没尾，没里，没外，没上，没下的黑就是我。那盏马灯照亮的就是你。你就是活。我就是死。你那盏灯可真小呀。小得叫人担心，小得叫人心疼，小得叫人害怕。你那盏灯只要一灭，只要那么一眨眼的工夫，活就变成死了，有就变成没有了，你就变成我了。二黑，你就是豆粒那么大的一朵小灯苗，你就是那么一眨眼，不等你明白过来，你就什么都没有，什么都不是了。你要是再伤心，再生气，再不知道自己心疼自己，你就连这么一朵小灯苗，这么一眨眼，也没有，也留不住了。到那时候，后悔也晚了，后悔也来不及了，想后悔也没有地方没有时间让你后悔了。二黑，听话。别哭。别生气。你抬头看看天，抬头看看地，你就知道我在哪儿了。你别以为黑就是什么都不是，黑就是什么都没有。我以前也是这么想的。我也以为只要两只眼睛一闭，只要两只眼前头一黑，就什么都没有，什么都不是了；就心里和心外一模一样的黑，一模一样的空；只要两只眼睛一闭，没边没沿的黑天黑地里就剩下，没有，不是，和不能了；就剩下改不了，填不满，也除不掉的，没有，不是，和不能了。现在我才知道，现在等到我真的不喘气，不能动，等到我真的死了，等到我真的变成这黑天黑地了，我才知道，什么是有，什么是是，什么是能。融在黑天黑地里，我才看清楚你那盏豆粒儿大的灯苗儿。才知道这灯苗儿有多亮，有多暖和，有多宝贝，有多叫人心疼。二黑，我心疼你，我真心疼你，我心疼得牵肠挂肚，心疼得扯天动地，心疼得快要从这黑天黑地里挣出去了我！二黑，二黑，二黑，二黑呀，你听不见我，看不见我，可你不能不知道我心疼你。不管我在还是不在，不管我活着还是不活着，不管我是站在太阳底下还是变成黑天黑地，我都心疼你，你都是我的二黑！二黑，二黑，你急，你气，你哭，你叫，你刨，你摸不着我，看不见我，可你知道我心疼你。整个天底下我最心疼的人就是你。我心疼得牵肠挂肚，心疼得扯天动地，心疼得我快要从这黑天黑地里挣出去了我！二黑，听话，你别哭，你别急，你也别刨了你，你千万别和死过不去，你也千万别和自己过不去。你得学会自己心疼自己。你得学会自己护着自己那盏豆粒儿大的灯苗儿，让它亮着，烧着，暖和着。有它在，我就知道你在，我就知道我在，我就知道我的心疼也在。有它在，我就知道我在，我就知道你在，我就知道你的心疼也在。二黑，你起抬头来呀二黑。二黑，你看看呀二黑。二黑你都看见什么了呀，啊？二黑？看见黑天黑地了？看见什么都没有，什么都不能，什么都不是了？是吗？二黑？二黑，看见这些，你就是看见我了，也看见我的心疼了。二黑，看见我了，看见我的心疼了，你也就是什么都看见了。你什么都看见了，你就不用再看了。二黑，闭上眼吧二黑，别急，别气，也别哭啦。二黑，你闭上眼歇歇。听话，二黑。闭眼，二黑。闭上了吗？闭上了。二黑闭上眼了。二黑真听话。二黑是好孩子。二黑——二黑——二黑——二黑——二黑……二黑……二黑……二黑……黑天黑地……黑天黑地……黑天黑地……黑天黑地……二黑二黑黑天黑地二黑二黑黑天黑地二黑二黑黑天黑地黑黑黑黑黑黑黑黑黑黑黑黑黑黑黑黑黑黑黑黑黑黑黑黑……

四十七

独自一个人坐在寒冷的灯光里，苦根儿想，死亡就是死亡，死了就是生命结束了，除此之外什么也不是。我是唯物主义者，我没什么可怕的。苦根儿已经这样想了很多次了。冷幽幽的灯光像一只放大镜，把苦根儿的这个想法放得很大，很冷。

一开始那股呛人的马臊味已经不再那么呛了。窗台上放了一盏灯，膝盖上放了一本书，是毛主席的书。无边的黑暗裹着一股逼人的阴气从窗缝和门缝挤进来。因为没有玻璃灯罩挡着风，那一小朵昏黄的火苗就晃个不停。灯光把身影放得很大，很斜，火苗一晃，凹凸不平的墙壁上，就有一个斜长的黑东西摇摇晃晃地朝自己走过来。他就不由得从书本上抬起头，看看那个走过来的影子。隔开里外屋的那个门帘原来是放下的，可是它老动，风一刮它就动。他知道他不会走出来，可最后还是把那个门帘掀起来了。门帘一掀，躺着的拐老五就露出一颗灰白的头，和半截臃肿的身子。昏黄的光把这半截身子也放得很大。苦根儿抬头看看墙上的影子，再看看炕上的尸体。苦根儿想，我是唯物主义者，我不害怕。苦根儿只是觉得有些说不出的别扭从后背长出来。这说不出的别扭也被灯光放得很大，很冷。驴们在身边吃得很香，咯嘣咯嘣的咀嚼声响彻了马号。只有二黑一个人呆呆地站在最边上，不吃也不动。苦根儿想，我是不是有点饿了？然后又想，不对，刚刚吃完饭时间不长。然后再想，可我怎么还是觉得有点饿呀？苦根儿下意识地把手伸到兜里，抓出一把炒豆子。当他把豆子放进嘴里的时候，从眼角里发现墙上那个巨大的黑影子也伸出一只手来，也正把什么东西放进嘴里去。苦根儿放下手，看看那个黑影子。苦根儿想，那是影子，影子就是影子，影子是灯光造成的，影子不是我，影子是不会吃东西的。好像是为了坚定这个想法，也好像是为了证实这个想法，苦根儿毫不犹豫地把豆子放进嘴里。于是，耳朵里立刻也响起咯嘣咯嘣的响声。驴们在嚼。自己也在嚼。这咯嘣咯嘣的响声给了苦根儿很大的安慰和支持。苦根儿想，只有活着的才能吃东西，才能嚼。死了的不能吃东西，不能嚼。影子虽然没有死，但是影子只是一个影子，影子是灯光造成的，影子不是我，所以，影子也不能吃东西。这样想着，苦根儿忽然觉得很愉快，忽然体会到从没有过的精神享受。苦根儿第一次体会到，吃炒豆子除去能填满肚子之外，竟然还能给人如此的快乐和安慰。膝盖上，那本毛主席的书还打开着，苦根儿把视线转到书页上，那些已经被他看过千万遍的句子，又熟悉地涌现在眼前："人总是要死的，但死的意义有不同。中国古时候有个文学家叫作司马迁的说过：'人固有一死，或重于泰山，或轻于鸿毛。'为人民利益而死，就比泰山还重；替法西斯卖力，替剥削人民和压迫人民的人去死，就比鸿毛还轻。张思德同志是为人民利益而死的，他的死是比泰山还要重的。”拐老五虽然没有替法西斯卖力，但是他不是为人民而死的，他是自杀，他是为自己而死的，所以，他的死也是比鸿毛还要轻的。我将来当然不会为法西斯而死，我也绝不会只为自己而死，我将要按照毛主席的教导为人民而死。我将要死得其所，我将要重于泰山。我不会拿一根绳子拴住自己的脖子，把自己勒死。我爸爸是革命烈士，我是烈士的儿子，我的生命是属于毛主席的，属于党的，属于革命事业的，属于人民的，咯嘣咯嘣，咯嘣咯嘣，咯嘣咯嘣……我吃炒豆子是为了保持生命，咯嘣咯嘣，但是保持生命是为了党，为了革命，为了人民，咯嘣咯嘣，为了毛主席，而不是为了我自己，咯嘣咯嘣，我是党的儿子，咯嘣咯嘣，我就是我爸，我替换我爸来改天换地来了，咯嘣咯嘣咯嘣咯嘣“因为我们是为人民服务的，所以，我们如果有缺点，就不怕别人批评指出”。咯嘣咯嘣咯嘣咯嘣“不管是什么人”，咯嘣咯嘣“谁向我们指出都行”。咯嘣咯嘣“只要你说得对，我们就改正”。咯嘣咯嘣咯嘣咯嘣，我将来当然不会为法西斯而死，我也绝不会只为自己而死，我要按照毛主席的教导为人民而死，我要死得其所，我要重于泰山，我绝不会自己拿一根绳子把自己勒死，我的生命不是我自己一个人的，是党的，是革命的，是毛主席的，是我爸的，咯嘣咯嘣咯嘣咯嘣，他老以为我不敢，今天下午，在土崖底下他打量我的眼神告诉我，他以为我什么也不敢做。他完全想错了，如果为自己我可能不敢，但是为革命我就敢！他们也以为我不敢，今天下午从坝上回村的时候，他看我的眼神和他一样，他以为拐老五自杀了我就什么也不敢做了，他也想错了，如果是为自己我也许不敢，但是为人民我就敢，我就有无限的勇气和力量。我一定要做出来让所有的人看看！这件事情死了的人做不成。墙上的这个影子也做不成。但是，我成！我做得成。我是唯物主义者，毛主席说“彻底的唯物主义者是无所畏惧的”。我就是彻底的无所畏惧的！咯嘣咯嘣咯嘣咯嘣。

有风刮进来，黑影子在墙上奔跑起来，猛一下，摔倒了。接着，眼前一片漆黑。苦根儿觉得自己浑身起了一层鸡皮疙瘩。苦根儿想，我是唯物主义者，我没有什么可怕的我。

有人在叫，苦根儿！

苦根儿什么也看不见，苦根儿又想，我是唯物主义者……

那个声音还叫，苦根儿！

苦根儿想，我没有什么可怕的我……

好像是那个声音自己害怕起来，苦根儿，你到底在不在呀你？苦根儿，你咋不说话呀你？你咋也不点灯呀你？苦根儿，你到底是咋啦呀你？你也死啦，苦根儿？

苦根儿想，我是唯物主义者，我没有死，死了的人是不会害怕的，我没有什么可怕的我……

那个声音哭起来，苦根儿，苦根儿，你别吓我啦，你到底是咋啦呀，你可真是吓死我啦你……

苦根儿终于听出来了，站在门外边哭的人是暖玉。苦根儿想，我是唯物主义者。苦根儿摸到火柴点着了灯。

苦根儿说，暖玉，这么晚了你还有什么事呀你？

暖玉还是哭，暖玉就骂，狗日的苦根儿，也不点灯就守着个死人，你真是吓死我啦你，我还以为你也死在这儿了呢……

苦根儿看见走进来的暖玉端着两个大钵碗，碗里盛满了香喷喷的羊肉饺子。苦根儿突然觉得自己饿起来。这一次是真的饿了。口水和肚子里咕咕的响声同时从那个真实的身体里发出来。

苦根儿说，暖玉？

暖玉说，这是队里给拐叔办事让我捏的饺子。你给拐叔守灵，你该吃饺子。这一碗是我专门端来给拐叔供献的。说完暖玉把一碗饺子给苦根儿放到窗台上，又端着另一碗进了里屋。暖玉把饺子放到炕头上，暖玉跪下，暖玉说，拐叔，这是队里给你办事让我捏的饺子，传灯爷他们都吃了，你也尝尝吧。这么说着，就有眼泪从暖玉的脸上落下来。

苦根儿看着那个跪在地上的背影，苦根儿说，唯心主义。

暖玉站起来，暖玉说，苦根儿，好吃不？

苦根儿说，我还没吃。苦根儿又指着炕头说，暖玉，你搞的这一套都是封建迷信，都是唯心主义！

暖玉说，我们老百姓才不管迷信不迷信呢。死了人，不供献供献那成了啥啦？我不懂得你的那主义是个啥东西，反正做人得做得有良心，做人做得没有心了，那不是成了畜牲啦，啊？

苦根儿说，你根本就不理解我说的是什么。

暖玉撩起门帘来，暖玉说，你别理解啦你，再理解你那饺子就成了冰蛋蛋啦！

暖玉放下门帘，走了。门帘放下来的时候掀起的风又把那盏灯吹灭了。苦根儿再一次地陷入冰冷的黑暗之中。驴们在耳边咯嘣咯嘣的真实地嚼着。口水和肚子里咕噜咕噜的响声又在自己真实的身体里真实地产生出来。传灯爷的锯声也哧啦哧啦地从土地庙那边真实地传过来。苦根儿再一次摸出火柴，再一次点亮了油灯。那个真实的黑影子，那具真实的尸体，也再一次真实地出现在眼前。

苦根儿想，我是个唯物主义者。我没有什么可害怕的我。赵英杰也是一个彻底的唯物主义者。

四十八

拐叔一死，矮人坪就空啦。拐叔一死，矮人坪就空得啥也没有啦。他挂在房梁上，我看不见他的脸，光能看见他的后背。我真后悔昨天夜里没有和他多待一会儿，没有和他多说说话。他挂在梁上，头上吊着根绳子，真像是钉在墙上的一张皮，皮里头什么都没有了，没有骨头，没有肉，没有心，没有眼睛，没有嘴，没有拐叔，就有一张空皮挂在那儿，空空的，空空的，空得像个风筝。那时候，也是这样。那时候埋了二弟，嫁了人，爹、娘、弟弟、妹妹们都走了，牵着一头小毛驴儿，驮着一口袋玉米。送到村口的土崖底下我站住了，我说，爹，娘，我不送了。以后你们别来看我。也别叫弟弟妹妹们来看我。也别来信问讯我。我啥也不想知道。啥也不想看见。我就在这儿，哪儿也不去。……赶明儿我就死在这儿。他们就哭。我就不叫他们哭。他们就走了。一条黄土道曲曲弯弯的，又远，又长。蓝天，黄土。他们在那头。我在这头。就好像一张风筝越飘越远，越飘越高，越飘越空。空得就好像天底下什么都没有了，里里外外都成了空的。你说，人为啥活在世上呀？要是天底下就剩下你一个人了，有吃的，有喝的，有穿的，有住的，有坐的，啥也有，啥也不发愁。可是就是有你一个人。你还想活不想活呀，啊？没有心疼你的。也没有你心疼的。你还活得有意思没意思呀，啊？一个什么也不为，什么也不想的人他还是人吗？一个什么也不能为了，什么也不能想了的人，他还是人吗？他这样的人怎么活呀？心疼我的人都走了，都回老家了。我心疼的人都死了，都埋在黄土里了。我就天天在家给那俩孩子做饭，天天给他们送，我送了三天三夜。我要是不送饭，我还活着干啥呀我？送到第三天夜里，我端着碗在窗户底下看见拐叔了。我说，拐叔，你咋不回家睡觉呀你。拐叔说，暖玉，别送啦。我说，你咋不回家睡觉呀你？你没见天都快亮了？拐叔说，暖玉，我都在这蹲了三宿了。我说，你不困？拐叔。拐叔说，暖玉，我是怕你出事情呀。人死了哪还会吃饭呀暖玉，你不想想？小翠和你弟弟都是死人了，他们哪还会吃饭呀？我一下子明白过来了。我就坐在门槛上哭起来。我才想起来，这个世上心疼我的、我心疼的人都死了。我真孤单呀我！我心里真空呀我！身边一个人也没有，一个也没有，就剩下我孤零零一个人啦。我就扎进拐叔怀里哇哇地哭。我就说，拐叔，拐叔，我真想也变成个瘤拐，变得跟你们一样。我真是孤单死啦我。拐叔就叹气，拐叔就说，……哭吧，哭吧，想哭就哭哭吧。我就哭。我就哭。我就哭。我就哭。我真想死呀我。心疼我的人，我心疼的人，都没有了，就剩下我一个人在这儿哭，连我哭也没人听了，我还活个什么呀我？拐叔说，你可真叫人不放心，你可真叫人心疼呀你。我就哭，我就哭，我就哭，我就哭，我就哇哇地哭……拐叔说，你可真叫人不放心，你可真叫人心疼呀你……拐叔他心疼我，我就扎在他怀里哭，我就哭给心疼我的人听吧。我就哭。我就哭。我就哭。我就哭……我就没有想到还有给拐叔送饺子的这一天！他挂在马号的房梁上，头上吊一根旧麻绳，就好像是钉在墙上的一张皮。皮里头什么都没有了，没有骨头，没有肉，没有心，没有眼睛，没有拐叔，就有一张空皮挂在那儿，空空的，空空的，空得像个风筝。黄土，蓝天。他们在那头。我在这头。就好像一张风筝越飘越远，越飘越高，越飘越空……黄土，蓝天。他们在那头。我在这头……我把饺子给拐叔放在炕头上，我就没有想到还有给拐叔送饺子的这一天。拐叔说，人死了哪还会吃饭呀暖玉，你不想想？拐叔也死了。拐叔也不会吃饭了。我把饺子给拐叔摆到炕头上，我说，拐叔，这是队里给你办事让我捏的饺子，传灯爷他们都吃了，你也尝尝吧。拐叔说，人死了哪还会吃饭呀暖玉，你不想想？我天天在家给那两个孩子做饭，我天天给他们送，一连送了三天三夜，我不给他们送饭我还活着干啥呀我？苦根儿根本就不懂得这个。苦根儿就不是老百姓。凡是老百姓的事情他都不懂得。他坐在那个灯底下，捧着一本书，他就不知道我端着一碗饺子心里想的是什么。天底下要是什么人都没有了，就剩下苦根儿和苦根儿那本书，他也能活。苦根儿没有爸，苦根儿没有妈，苦根儿没有孩子，苦根儿没有心疼他的，苦根儿也没有他心疼的，天底下就剩下一个苦根儿也不怕，天底下就剩下一个苦根儿，他照样能看他的书，他照样能讲他的那些道理，苦根儿还照样是苦根儿。天柱问我答应那个人啥啦。啥也答应啦。啥也没答应。天柱说，矮人坪亏待过你么？矮人坪没有亏待我。我待在这儿是我自己情愿。二牛说，你好好的一个人，为啥非要住在这么个瘤拐的地方？我好好的一个人住在这，是我不能不住在这。不是这好。不是这美。不是这值得住。是我不能不住。是我不能不情愿。心疼我的，我心疼的，都留在这儿，都埋在这儿。你说，我还能去哪儿呀我？啊？你说呀你？可我就没有想到拐叔他会死，我就没有想到拐叔也有不能吃饭的这一天。拐叔一死，矮人坪就空啦。拐叔一死，矮人坪就空得啥也没有了。没有心疼我的。也没有我心疼的。黄土，蓝天。他们在那头。我在这头。黄土……蓝天……他们在那头……我在这头……

四十九

我得找个人说说，再不说说，我非得憋疯了不可。我就进了院子，进了窑，坐在炕头上。我能闻见它们的味儿。我就闻。新做的棉袄棉裤摆在炕上，黑面，白里，细针密线的。扣绊儿拧得紧紧的硬硬的。新绱的布鞋摆在衣服旁边，还打着楦，也是黑的，也是紧紧的硬硬的。都做好了。做得又好又快。我坐在灯旁边就能闻见它们的味儿。我就闻。真好闻。真是个好女人。真是拐叔的好福气。赶明儿我死了，还怕有没有这么一身好衣服穿，还怕有没有拐叔这样的福气。油灯把窑里照得明晃晃的，照得暖暖和和的，这窑里有新衣服的味儿，有羊肉饺子的味儿，也有她的味儿，我都能闻见。我就闻。真好闻。真是个好女人。我听见院门响。听见黑头朝院门跑过去。听见她的脚步声。她开了窑门，她撩起门帘，她抬起头来。她就看见我了。真是个好女人呀。我怎么就梦见她和兰子在一块了呢？

她说，一个人坐在这儿也不说话，吓人一跳。

我说，假门三道的。在你这过夜也不是过了一回。倒就吓着你啦。

她沉下脸来。她说，天柱！现在是啥日子呀？你还说这些没正经的！

那年我才七岁呀，她咋能和兰子跟我在一块呀？我说，看看，又生气啦，又生气啦。你跟我们这些瘤拐咋这么大的气呀你。我咋看不见你和人家大主任生气呀，啊？

她说，怕我生气，你还来我这儿干啥？你咋这么贱？

我把兰子拉过来，我说，兰子，你别动。我就跪下吃它的奶。我吃兰子的奶吃得多啦，可是她怎么会在后边站着呀？我就笑了，我说，一个瘤拐不下贱，啥下贱呐？我们矮人坪的人天生的就是下贱坯子。

她说，天柱，别跟我嚼舌头。你今天到底是要干啥呀你？

她跟在我后头，我说，你不渴？你不喝两口兰子的奶？她说，我不喝。我的奶还多得没地方流呢。我说，我不嚼舌头，我就是想吃你的奶。

她说，你再胡说，你就给我滚！

太阳在我后脑勺上滋滋地响。我说，那我就喝你的奶吧。她说，不行。我就又笑，我说，我七岁那年喝兰子的奶喝得多啦。我现在就是想喝你的奶。

她说，天柱，你今天这是疯了吧，啊？你这癫头癫脑地说的都是啥呀，啊？

太阳就不响了。我七岁那年她还不知道在哪儿呢，她还没生出来呢，可我怎么就梦见她和兰子在一块呢？我就不笑了。我说，暖玉，有件事我得和你说说，再不说说，我非得憋疯了不可。

她说，拐叔的事？

我说，就是。你咋知道的？

她说，快说吧你。我啥也不知道。拐叔他咋啦？

我说，今天早上苦根儿带我到拐叔那儿去了一趟。其实，也没说啥事情。苦根儿就是让他说说和你的事情。拐叔死活不说。不说就不说吧。谁想他就上吊啦他！你说说这叫啥事情呀，啊？拐叔说他不能欺负一个女人，他就是不说。不说就不说吧，谁想他就上吊啦他！原本这事情也不是冲着他和你来的，苦根儿和我是想弄弄刘主任的事情。谁想拐叔他就上吊了他！要知道是这样，我死了也不能找他去呀我！我疯啦我？

她就不说话了。她就哭。眼泪两道子两道子地流下来。

她那两道奶也是这么往下流。等埋了小翠我就又去找她。她就答应了。她说，天柱，你们不用操心了，我哪儿也不去，哪儿也不走，我就死在矮人坪了。你们不给我记恁高的工分儿，你们不给我担水、劈柴，我也答应你们。我不走。我说，那不行，我们得讲信用，得对得起人。我们得供养你。她就笑了。我也笑了。后来，她就哭起来。她一哭胸脯子抖成一团，奶水把前襟洇湿了两大片。她坐在炕上，我把她搂在怀里，我说，你看你，你看你……我就帮她解开衣襟，就看见她那两团白奶。我就给她跪下了，我的脸就够着那两团白奶了。我小时候吃兰子的奶长大的，我就没有吃过我妈的奶。我的脸就够着那两团白奶了。我就哭了，我说，暖玉，暖玉，暖玉，我给你跪下了，我们矮人坪的男人都给你跪下了，你是我们的救命恩人。我们不能对不起你。我就哭。她也哭……我催她。我说，暖玉，你先别哭。你倒是说话呀你！

她还是哭。哭够了，她说，我就知道还有事情，我就知道还有事情，我就知道拐叔他不会平白无故地上吊去。拐叔他到底还是为我死的，拐叔他真是糊涂呀他！值得为我这么个贱女人死吗，啊？值得吗？拐叔，拐叔，你咋这么糊涂呀你，啊？——哎嗨嗨嗨嗨……拐叔拐叔……你呀你……哎嗨嗨嗨嗨……

我就后悔了。我就知道坏了。我就知道捅下娄子了。我摇晃她，我说，暖玉暖玉，暖玉暖玉，暖玉暖玉……

她不理我。她就是哭。就是哭。就是哭。她二弟死，她也没有这么哭过。她就是哭。她就是哭。

你说我怎么会梦见七岁那年她和我在一块呢，啊？七岁那年，我牵着兰子从林子里走出来。太阳在我后脑勺上滋滋地响。暖玉就跟在我后头。我在场院上看见叫日本鬼子砍了腿的花头。在村口老神树上看见叫日本鬼子割开肚子的爷爷。在丑娃家院子里看见满院子不穿衣服的女人。丑娃的爷爷敲着锣一边劝一边哭，日本人来啦是遭天年，乡亲大家不要怪见……女人们呐，你们要是都死了，谁还给咱矮人坪生娃娃呀，啊？……哎嗨嗨嗨嗨……

我就说，暖玉，暖玉，你别哭啦你，你可别哭坏了身子，你要是再有个三长两短的，我们矮人坪的男人真的就没有个活路啦！

她不理我。就是哭。就是哭。就是哭。

我就想起来还有话没跟她说呢。我说，暖玉，暖玉，你这回没有答应刘主任啥吧，啊？你啥都没有答应他吧，啊？你要是真的答应他啥了，我们矮人坪的男人们可咋办呀，啊？你倒是说话呀你！

她不理我。还是哭。还是哭。还是哭。

我七岁那年，她在哪儿呢她？她还没他妈×的生出来呢她！她为啥生出来的这么晚呀她？我为啥生出来的那么早呀我？啊？我日他一万辈儿的祖宗！

五十

师傅看看那块盖板。师傅又看看那块盖板。师傅叹了一口气放下板子。师傅不骂我。师傅也不打我。师傅就气得蹲下了。胶锅的火早就灭了，就剩下一堆白白的木灰。天已经蒙蒙亮了。左边柱子的灯熬光了油。右边柱子的灯也熬光了油。两盏灯一灭，戏台上又冷又黑。师傅不骂我。师傅也不打我。师傅就在地上蹲着，师傅气得直哆嗦。

我说，师傅……

我又说，师傅……

戏台上又冷又黑。我也跟着师傅哆嗦。

师傅说，二牛呀，人活一张脸，树活一张皮。你说这块板子盖到棺材上，这个棺材还叫个棺材吗，啊？

我说，师傅……

师傅说，二牛呀，人活一辈子就死一次。你拐爷一辈子就死了这么一次，就这么一次躺的就是咱师徒俩给他做的棺材。咱俩就给你拐爷做这么一口棺材就做成了这个样。你说说咱们对得起人对不起人呀，啊？想再给人家补，想再给人家赔，想再给人家认错，想再给人家做一回你都不能呀！你都不行呀！

人不能再死第二回呀！

我说，师傅……

师傅说，二牛呀，师傅给人做了一辈子棺材啦。一辈子里躺过我做的棺材的人不知道有多少啦。从来没听人说过个不字儿。人们都说能死在师傅前头的人是福气。你师傅这是头一回做了这么个不能叫棺材的棺材。师傅一辈子的名声呀！二牛！一辈子呀！

我就哭。我就说，师傅，你打我吧！你骂我吧！我也不知道怎么糊涂的就把板子给合反啦……

师傅说，二牛，打你，骂你，板子也是合反了。打你，骂你，拐爷也不能给你再死一回啦。打你，骂你，板子也是使光啦。打你，骂你，师傅这一辈子也不能从头再来一遍啦！二牛，你说师傅还能从头再活一回吗，啊？能吗？挂两盏灯也看不见？你是看不见呀，你还是糊涂的就不知道合反了呀，啊？

我就哭。我就说，师傅，不是看不见。我看见了。我就是害怕你知道板子合反了生气。我想多锛锛也能锛平它。不想就弄得这么薄啦。你打我吧！你骂我吧！你不打不骂我就不能活啦我！师傅！

师傅说，二牛，这一黑夜别的活都是我做。我就叫你做了这个盖板。盖板是难做一点，我是想叫你练练手，要是一辈子也不练，啥时候能学会呀？

我就还哭。我就说，师傅，你打吧！你骂吧！

师傅还是蹲在地上，师傅还是哆嗦。师傅说，二牛，师傅就是师傅。徒弟就是徒弟。走遍天下我也不能对人说，这块盖板是你做的不是我做的。师傅就是师傅。徒弟就是徒弟。二牛呀，师傅现在不想打你，也不想骂你。师傅现在就想躺到这口棺材里，叫你钉上这块盖板。躺到这口棺材里，钉上这块盖板，师傅就什么也听不见，师傅就什么也看不见，师傅就歇心了就。

我就在戏台上给师傅跪下了。我就说，师傅，你把我钉进去吧你！你把我钉进去吧你！是我把棺材给做坏啦！是我把棺材给做坏啦！

师傅不动。师傅还是蹲着。师傅还是哆嗦。

师傅说，小五，小五，我李传灯这一辈子对不起你！

眼看着师傅跪下了，师傅对着棺材磕起头来。

我跑过去抢到师傅前头跪下，我哭，我说，拐爷，拐爷，是我把你的棺材做坏的，是我把你的棺材做坏的，是我把你的棺材做坏的……我给你磕头，我给你跪下，我对不起你啦拐爷……

灯灭了。天亮了。师傅跪着。我也跪着。

五十一

我一看，心就凉了。就觉得冒出一身的冷汗来。我咋就这么信他。我咋就不多看一眼呐我？嘿，真是瞎了眼啦！那块板子盖上去能叫棺材吗，啊？叫小五躺这么个东西也叫躺棺材吗，啊？棺材做成这样也叫手艺吗，啊？师傅就是师傅。徒弟就是徒弟。有什么师傅就有什么徒弟。说到底是我这当师傅的不长眼呐我！我做了一辈子啦我！我都做了一辈子啦我！从十五学徒算起我都做了五十年啦我！一辈子，五十年就都毁在这一块盖板上了。嘿！真是瞎啦！真是瞎啦！真是瞎了眼啦！小五，小五，我对不起你！我这一辈子也对不起你！委屈你啦，小五！就当是我李传灯丢人败兴！就当是我李传灯给你走了一回麦城！可我这麦城怎么就偏偏走到你小五的头上了呢，啊？英雄走麦城能唱戏呢图好看呢。拉上你小五这么凄惶的人也跟上走麦城，真是丧良心呀我！我李传灯一辈子也没做过一件对不起人的事情。这一回真算是对不起你啦，小五！我给你下跪也赔不起你！我给你磕头也赔不起你。人活一辈子就死一次。小五你活了半辈子就死了，就上吊了。可我李传灯就让你这么个凄惶人躺这样不叫棺材的棺材。小五呀小五，我李传灯真是害得你连死都死得不如人呀！我给你跪下，我给你磕头，我也还是赔不起你！

五十二

一伙人吆五喝六地抬起那个棺材来。杨木的。不沉。可大伙还是吆五喝六地喊。一、二，起——！走——！走啦——！

天柱就骂，狗日的们，走稳些儿！糊米，你妈 × 的多使个劲！不看看都朝你那儿歪过去啦！

棺材就在戏台上晃晃悠悠地离了地。刨花、木渣就在脚底下哗啦哗啦地响。每人胸口上都拴了根红布条。人一走，红布条就跟着晃。一伙瘤拐抬着个白生生的棺材在戏台上哗啦哗啦地响。好像脚底下踩了一条河。都说人死了得过条河，这就是拐叔的那条河。

天柱又骂，糊米，你妈 × 的听不见我说你？使劲！

嘭咚。棺材撞到了柱子上。

天柱叫起来，叫你们稳些儿，叫你们稳些儿，全他妈 × 的听不见？撞坏了棺材，你们谁有板子给拐叔赔呀？稳些儿走！

祖宗的。就是骂。就是骂。一个烂社员，谁想骂谁就骂他妈 × 的吧。传灯爷和二牛在后边跟着。传灯爷沉着个脸一声也不吭。传灯爷嫌把盖板做薄了。二牛也一声不吭。二牛一会儿看看传灯爷，一会儿看看棺材。二牛恨不能自己躺到棺材里去。没有穿孝的，没有打幡的，没有哭丧的，就有刨花哗啦哗啦地响，就有天柱在这不干不净地骂。拐叔你可真是凄惶。当个光棍可真是凄惶。到这时候就知道还是有个儿子好，还是有个亲人好。一伙人抬着棺材下了戏台，出了土地庙，拐过山墙，绕过石碾，走到马号的院子里。院子里已经架好了一挂平车。二黑站在辕套里，尾巴一甩一甩的。看见棺材走过来，二黑啊儿啊儿地叫起来。拐叔什么都没有。拐叔就有个二黑。我连拐叔也不如，我连个二黑也没有，有个口袋还得管那个狗日的叫爸爸。口袋不知道口袋不是三狗，口袋是口袋。口袋不知道他不是爸爸，他成天骂的那个人才是爸爸。可是，口袋不知道。口袋啥他妈 × 的也不知道。口袋就不知道他为啥叫个口袋，口袋也不知道为啥满天满地都是哗啦哗啦的树叶子。是满天满地哗啦哗啦的树叶子，不是满戏台哗啦哗啦的刨花。把棺材放到平车上，一伙人揣着手站在院里，谁也不说话。

天柱说，丑娃，咱俩把拐叔抬出来吧。

丑娃也不说话。丑娃就跟着天柱进了屋。一伙人还是揣着手站着，还是谁也不说话。然后，就看见拐叔出来了。拐叔穿一身黑棉衣，穿一双黑鞋，都是暖玉给做的。把拐叔放进棺材，盖好盖板，天柱和丑娃也揣着手站到一边。传灯爷和二牛拿着斧头和钉子走过去。传灯爷和二牛就钉。

钉一锤，传灯爷说一句，小五，躲钉啦。

钉一锤，二牛也说一句，拐爷，躲钉啦。

没有穿孝的，没有打幡的，没有哭丧的。就看见斧头一闪一闪的，就听见斧头砸的棺材叮咚叮咚的。赶明儿我死了，也没有穿孝的，也没有打幡的，也没有哭丧的。我有个口袋，可口袋他不知道他是我的儿子。口袋还以为自己是他的儿子。其实，不是他的。其实，是我的。知道，是。不知道，也是。知道不知道都是！可是我知道，赶明儿等我死了，口袋他不给我穿孝，不给我打幡，也不给我哭丧。因为口袋他不知道我就是他爸。我比拐叔还凄惶，拐叔还有个二黑呢，二黑还知道给拐叔哭两声呢。口袋他就不知道我是谁。他就知道我是糊米。他不知道糊米是他爸。知道就是知道。不知道就是不知道。口袋呀口袋爸爸心里凄惶，凄惶拐叔，凄惶二黑，凄惶自己，也凄惶你，你到底知道不知道呀你？啊？口袋、口袋，我的儿子！我的二黑！爸这一辈子早晚有一天得让你知道！永辈子不挣工分儿也不怕，永辈子光喝西北风也不怕！爸就是想让你知道到底谁是你爸！一眨眼，不闪了，也不响了。棺材钉死了。拐叔钉在里头了。拐叔出不来了。哗啦哗啦的刨花不响了。拐叔过了自己的那条河了。那条河太深，太长。拐叔过了河就回不来了。拐叔把二黑留在河这边，把我和口袋留在河这边，把暖玉留在河这边，把矮人坪也留在河这边。可总有那么一天，糊米得到河那边，口袋得到河那边，暖玉得到河那边，那个狗日的也得到河那边，矮人坪也得到河那边。也不知道到底是河那边的人多呢，还是河这边的人多？也不知道到底是河那边的村子多呢，还是河这边的村子多？也不知道到底是河那边的地方大呢，还是河这边的地方大？河那边到底有多大呀，啊？天天有人过，年年有人过，几千几万年过来过去，怎么就住不满，住不够呢，啊？天天有人死，年年有人死，几千几万年死来死去，河这边怎么就死不完，怎么就还有这么多的村子呢，啊？是活着的都死了呢，还是死了的又活了呢？活活死死，死死活活，几千几万年活活死死，几千几万年死死活活。到底是活还是死呢，到底是死还是活呢，啊？谁也别想他妈×的说清楚。拐叔清楚，拐叔知道，拐叔走到头了。可棺材钉死了。拐叔钉到棺材里头了，拐叔出不来了。拐叔他一句话也不能说了。大伙也都不说。大伙也都还是揣着手一句也不说。一群瘸拐站在河这边，站在院子里，一声不吭地围着一口白生生的棺材。围着拐叔过河的船。

天柱说，走吧。吃面。

大伙就走。走出院子。绕过石碾。拐过土地庙的山墙。走到暖玉家的院门前。还没进门，就闻见一股羊肉味儿。狗日的！真香！腮帮子一酸，口水就顺着牙缝流出来。河这边的人有羊肉面条吃，也不知道拐叔去了河那边有没有人给他煮面条吃。

五十三

我看着他就不对了。从昨天到今天他一直就不对。从坝上往回叫人他就骂，去十五亩挖墓他也骂，现在抬棺材他还是骂。我看着他就不对了。他这是咋啦他？他这是烦啥呀他？从昨天到今天他一直就不对。

他说，丑娃，咱俩把拐叔抬出来吧。

我就跟着他进了马号，进了里屋。拐叔穿了一身新新的衣服躺在那儿，叫人觉着说不出来的别扭。好像躺在那儿的不是拐叔。躺在那儿的是个要娶媳妇的新郎官。这一辈子也没见他这么新过一回。这么一新，倒觉得不对劲了。

他上了炕。他说，丑娃，来，我抬拐叔的头，你抬拐叔的脚。

我就朝脚走过去。

他扶住拐叔的头，他就哭了。他说，拐叔这一辈子真是凄惶死啦！我日他一万辈儿的祖宗！你说人活一辈子咋他妈×这么难呀？我日他一万辈儿的祖宗！

我就劝他。我说，天柱……天柱……你哭啥呀你？咋啦你？

他扶住拐叔的头，他说，丑娃，你不知道。是我把拐叔给害啦！

我说，天柱，天柱，你胡说啥呀你？拐叔他是自己上的吊。

他说，丑娃，你不知道。今天早起，苦根儿和我找过拐叔一回。苦根儿是想让拐叔说说他和暖玉的事情，苦根儿是想弄住刘主任，我是害怕刘主任把暖玉带走。苦根儿这尿娃就是非想弄出个成绩来。可拐叔他不说。不说就不说吧，谁想他就上吊啦他！要知道他上吊，你说我还能找他吗，啊？我日他一万辈儿的祖宗！

拐叔穿得新新的躺在那儿，新得像是个要娶媳妇的新郎官。

我就劝他。我说，天柱，从昨天到今天我看着你就不对了。我就知道你在这儿烦啥事情呢。你别哭了，你也别瞎猜了。连活人的事情都说不清楚呢，死人的事情能说清楚？拐叔他自己拿绳子把自己勒死了。你能知道他到底是为了啥？你们今天早起要是不来，拐叔他就不上吊啦？你们要是明天早起来，他就明天早起上吊？你们要是永辈子不来他就永辈子不上吊？一个人一定要死的心，就是一个早起他就能定下啦，啊？你死过？啊？你把死说得这么容易，这么明白，你成了神仙了你？

他还是哭，我日他一万辈儿的祖宗！真还不如让我上吊！真还不如让我穿上暖玉做的这身新衣服躺在这儿！真还不如让你们今天把我给埋他妈 × 的了！你说人活一辈子咋他妈 × 的这么难呀，啊？丑娃？咋这么难呀？活他妈 × 的这么难，还有什么活头呀？还真不如学了拐叔呢。两眼一闭，万事都没啦！

我说，你狗日的胡说啥呀你，啊？你死了，你那四个狗谁给你养活呀，啊？你倒是挑了个轻巧的干。两眼一闭歇你妈×的了。孩子们给谁呀？自己的骨肉不管啦？不要啦？你是人呀？你还是畜牲呀？啊？行啦你，别哭啦。哭得像个坐月子老婆，哪像个男人，哪像个队长呀你？咱俩一块光屁股长大的，我还不知道你能干个啥！快抬吧，一伙人还在外边等着呢。抬呀！快抬！再不抬，拐叔就该骂咱俩啦！

我俩就抬。就把新新的拐叔抬到新新的棺材跟前。就把新新的拐叔放进新新的棺材里边。就看着传灯爷师徒俩拿新新的钉子叮咚叮咚的，把棺材钉死。然后，就啥也看不见了。干冷干冷的太阳照着一口白生生的新棺材。人把一辈子活过去了，把一辈子活旧了，就穿上一身新衣服，躺进一口新棺材，死了。

你说什么叫享福？什么叫受罪呀？像拐叔这样活这样死就叫受罪？像我和天柱这样活就叫享福？叫吗？啊？不叫？啊？哎，说不清楚。也许拐叔清楚，拐叔他太清楚了，他就拿一根绳子往脖子上一勒，死了。还是糊米说得对，你没有走到头，你就不知道自己到底是怎么一回事情。等你走到头了，等你知道自己到底是怎么一回事情啦，你也死他妈×的了。你死他妈×的了，你也就没法子说给别人到底是怎么一回事情了。说来说去，这事情归老天爷管。不归人管。

干冷干冷的太阳照着一口白生生的新棺材。照着天柱哭红了的眼。这个狗日的天柱看着平常嘴挺硬，一遇上事情就会哭，哭得像是个坐月子老婆。他七岁那年，我也七岁。他七岁那年看见日本鬼子把他爷爷的肚子割开了，把他家的花头砍了腿，把一村子女人扒光了衣服圈在我家院子里，他就吓坏了，他就迷迷糊糊地哭了一夏天。那一天，我没有叫日本鬼子抓住，我爷爷把我藏到面柜里了。那一天要是叫日本鬼子抓住，也许早就没命了，也许今天就轮不上我来抬拐叔了。

拐叔穿了一身新衣服，躺在那口新棺材里头。谁也不知道他到底是为了什么。谁也不知道他到底是伤心还是高兴。

五十四

她给我盛了面，她就看着我。看得我怪别扭。看啥呀看？一个吃饭也没见过？

她就叫我，二牛，二牛。

我从碗边上抬起头来看看她。

她说，二牛，你慢慢吃。你别着急。

我就低下头。我就吃。窑里一片呼里呼噜的响声。大伙都低着头吃面条。大伙的眼睛都看着面条。没人看我。也没人看她。

她说，二牛，你慢慢吃。吃完了我再给你盛。

我就低下头，我就使劲吃。三口两口就吃完了一碗羊肉面。面不好。是掺了榆皮面的，榆皮面掺得太多，盛到碗里红楞楞的。面不好，可是肉好。我就使劲吃。三口两口就吃完了一碗羊肉面。我端着碗又站到灶台边上。我看看她，伸过碗去。

我说，盛面。

她一边盛面，一边盛肉。她给我盛得冒了尖儿。她说，二牛，你这是第三碗啦。你慢慢吃，你别着急。吃完了我再给你盛。

捞饭就在一边叫，看看，看看！看看人家二牛的碗。那才叫羊肉面呢！

天柱就骂，捞饭！羊肉面也堵不住你狗日的那张嘴！面是队里的，肉也是队里的，不用你心疼！

捞饭就笑。捞饭说，我不是心疼面，也不是心疼肉。我是说有人心疼二牛，没有人心疼咱。看看人家那碗！

大伙就看我的碗。师傅也看。看得我心里别提有多别扭了。我就放下碗。我不吃了。

她说，二牛，吃饱啦二牛？你要是吃饱了就别再吃啦，你可千万别撑坏了！

我没吃饱。可我放下碗，我不吃了。

天柱说，暖玉！你这叫干啥呀你？啊？二牛和传灯爷干了一宿了，你咋不叫人家吃呀你？二牛，你别听她的。你吃！

我不端碗。我说，我不吃了。

天柱就瞪起眼来，暖玉！你看你！你看看你！

她就哭了。她说，二牛，二牛，我不是不让你吃。那年我二弟就是吃面条撑死的。那一回我要是多看看他，多留点神，不让他吃最后那一碗，虎牛就死不了，虎牛就能回老家了。虎牛要是回了老家，他就能来看我来了。

一窑洞的人都不说话，也都不吃了。就看她一个人哭。我也看她哭。我就明白她为啥老是看着我了。我就明白她好好的一个人为啥非要留在这个长瘤拐的矮人坪了。

她哭了一会儿又抬起头来笑了。她抹抹眼泪，她说，大伙快吃面吧，让我搅得你们不能吃啦，真是的。她说，二牛，你快吃吧你，别听我胡说八道的。

我就端起碗来。大伙也都端起碗来。窑洞里又是一片呼里呼噜的声音。榆皮面掺得太多，面不好。可是肉好。大伙吃得特别香。

捞饭说，狗日的，真香呀！

糊米说，就是香！不是拐叔，咱们还吃不上这么一顿羊肉面。

捞饭说，那你也上吊吧。我们就吃你的羊肉面！

糊米就笑，糊米说，一天吊一个，一天就多一顿羊肉面，一天就少一个吃面的人。不用一个半月咱矮人坪就没人杀羊啦，也没人吃面啦！捞饭，你是想抢在前头先吃面呀，你还是想留在最后，又不能杀羊，又吃不上面呀？

窑洞里的男人们都哄哄地笑起来，笑得又粗又重。

捞饭把一块羊肉放进嘴里，捞饭说，狗日的糊米！一说话就把人顶到头啦！你不把人顶到头你就不算完，你不把人顶到头你就不说话！

糊米也笑，糊米说，那是。谁不都是在娘肚子里叫人顶到了头才他妈 × 的顶出来的吗，啊？

窑洞里的男人们又哄哄地笑起来，笑得更粗更重更野了。有人举着筷子揉起眼泪来。一伙人都笑，都说，糊米这句话算是说到老根子上了。

天柱就又骂，吃多了吧？吃多了吧？再胡说都给我他妈×的放下碗！

她站在灶台边上看着我笑。她说，二牛，你咋这么像我二弟呀你？你咋这么像虎牛呀你？你俩连吃饭都像！

我把脸埋到碗里。面不好。可是肉好。我呼里呼噜地吃。我不是她二弟。我不是虎牛。我是二牛。我正吃面条呢。面不好。可是肉好。我不是她二弟。我没死。

五十五

绿的出来了绿的在车上绿的挨着我绿的在车上绿的挨着我绿的挨着我

五十六

我俩挨着院墙坐在地下。黑头脸对脸地蹲在我俩对面。红红的舌头一会儿伸出来，在嘴上转一圈儿。一会儿伸出来在嘴上转一圈儿。我知道黑头它是闻见味儿啦它！二狗也把舌头伸出来在嘴上转了一圈。

二狗说，哥，我闻见味儿啦！真香呀，哥。

我说，我也闻见啦。

二狗说，哥，咱们进去看看吧？

我说，二狗！你贱！你是想进去要饭吧你？

二狗说，哥，我不是要饭，我就是想看看。

我说，看啥？人家吃羊肉面，你站在一边有啥看的？我看你又是肉痒痒了你！

二狗说，哥，为啥死了人就吃羊肉面呀？上回丑娃家老奶奶死了就吃过羊肉面，这回拐爷死了也吃羊肉面。你说要是咱爸死了，咱们是不是也得吃羊肉面呀，啊？

我说，二狗！你狗日的就胡说吧你！叫咱爸听见非捶死你不可！

黑头又伸出舌头来在嘴上转了一圈。二狗也伸出舌头，也转了一圈。黑头站起来朝水洞钻进去。二狗揪住黑头的尾巴。

二狗说，黑头！你贱！你是想进去要饭吧你！

黑头就在水洞里呜呜。二狗不松手。黑头呜呜了几声只好又从水洞里退出来。三个人就又都脸对脸地坐在院墙底下。

二狗说，黑头，你别急。等赶明儿我死了，就让你吃我的羊肉面，就不让你老在一边蹲着闻味儿。二狗又看看我，二狗又说，哥，我也让你吃！就是不让他们大人吃！你说对不对呀，哥？

我说，二狗，你别胡说啦。你要是死了，你就没有了。你连自己都没有了，你哪儿还有羊肉面呀你！

二狗看看我。二狗又把舌头伸出来，二狗说，哥，我闻见味儿啦，哥！

五十七

它一出气就吹到我脸上了，温温的，软软的。我就扭过脸看看它。看看它就想哭。我就忍着。我知道它也想哭。我就跟它说话，我就劝它。

我说，二黑，咱们不急，慢慢走，天还早呢。再说他都走了。

它眨巴眨巴眼。它要哭。

我说，二黑，咱们不哭。咱们还得拉车呢。拐叔就在你车上呢。

它朝我歪过头来，它哈出来的热气吹到我脸上，吹得人眼睛酸酸的。

我说，二黑，拐叔的路就剩下最后这一截儿了，咱们慢慢走，叫拐叔再听听，再看看。你看今天这太阳多好呀。他走得比咱们快，他这会儿肯定下到沟底了。

它眨巴眨巴眼，它想哭。我也想哭。我就忍着。

去十五亩不用下沟。拐过村口的老神树，照直向北，一条黄土大道直直地躺在土塬上，又宽，又长，像是躺了一条河。我不愿意让他们看见我的脸。我就牵着它走在前头。从昨天拐叔一上吊，它就不吃不喝的，它就烦，它就刨地。它心里跟明镜似的，它什么也知道，什么也清楚。什么也躲不过它去。一伙人昨天给挖好了墓，传灯爷给做好了棺材，暖玉给缝好了衣服，今天又吃了羊肉面，要去埋人去。都瞒不过它。没有穿孝的，没有打幡的，没有摔盆儿的，没有哭丧的，啥都没有，也还是瞒不住它。一条黄土大道直直地躺在土塬上，又宽，又长，像是躺了一条河。三十年的媳妇熬成婆，三十年的大道走成河呀。拐叔他是熬到头啦，拐叔他是不想熬啦他。顺着这条河走到头，就是十五亩。十五亩地头上坐北朝南有个黄土坎，墓就挖在土坎底下了，半人高，七尺深的一个洞，堵洞口的石头都捡好了。拐叔他就是奔那儿去的。拐叔把自己吊在房梁上，眼里看的，心里想的，就是这条河，就是连着这条河的那块地，那块地叫十五亩，十五亩老以前是拐叔的地，拐叔他什么也不想，拐叔他就想埋在自己的地里。它什么也知道，什么也瞒不住它。

它眨巴眨巴眼睛。它想哭。我也想哭。我不想叫那一伙人看见，我就忍着。

我说，二黑，咱们走慢点，叫拐叔再看看，再听听，拐叔他就剩下最后这截儿路了。昨天早起我是和苦根儿去过，可是我今天都在他那个材料上按了手印儿了，真的按了。他问我同意不同意。我说，同意。我就按了。一人按一个红手印儿。两个人就按了两个红手印儿。他就拿着材料走了。他比咱们走得快，这会儿他肯定是快出沟了。

它就听懂了。它就摆过头去。我知道，它听懂了，它也还是难受。我知道我就是按了手印，他就是去了县里，拐叔也还是死了。他还能从县里回来。我还能吃羊肉面。可是拐叔不能了。死了就是死了。死了就是走到头了。死了就是回不来了。再宽的道，再直的河，也是回不来了。

我不能哭。我一哭，它也哭。两人都哭就叫他们看见了。我说，二黑，我知道我这一辈子都对不起拐叔了，我知道我这一辈子也对不起你。可是他走得快，咱们走得慢，这件事情我得和你说清楚了。他走得快，他准备了两双鞋，准备了一书包的干粮，他说他要连夜往县里走，他说他明天早上就能到县城，他说“红军不怕远征难”，他说他根本就不怕那一百六十五里路，他说他根本就不怕那个要带走暖玉的狗日的！咱们走得慢，是因为拐叔他就剩下最后这一截儿路了。咱们得叫拐叔再听听，再看看。咱们要是走到了头，拐叔就什么也听不见，什么也看不见了。

人和人就是不一样。有的人一辈子啥也听不见，啥也看不见。他也不是不听。他也不是不看。可他就是听不见，就是看不见。他活一辈子，活一百年，也是白活。它跟他们不一样。它不用听，不用看，它就啥也全听见啥也全看见了。它活一天，就是活了一辈子；它活一天，就是活了一千年。我就摸摸它的脖子。摸摸它的一辈子，摸摸它的一千年。

我说，二黑呀二黑，你就是拐叔的儿子，你就是拐叔的福气。你瞧瞧，拐叔临走还给你换了新套绳，临走心里想的还是你。拐叔没有白心疼你。拐叔他有了你就是啥也有啦！

它就出气。它的气就吹到我脸上，温温的，暖暖的。我就想哭。可我不能哭。我不想叫那一伙人看见。牵着它的本来应该是拐叔，本来应该是拐叔的脸上温温的，暖暖的。可是现在是我脸上温温的，暖暖的。拐叔他不能站在这了。拐叔他躺在传灯爷做的棺材里，躺在二黑拉的平车上。传灯爷把棺材钉死了。一条黄土大道眼看也走到头了。十五亩的墓已经挖好了。封洞口的石头也都捡够了。那个洞就在十五亩的地头上，坐北朝南，半人高，七尺深。往那个洞里一躺，就什么都完了，什么都没有了，就永辈子也别想回来了。他还能从县城回来，我还能吃羊肉面。可是拐叔回不来了，永辈子也回不来了。

我说，二黑，我知道你信不过我啦。可我得跟你说清楚。我跟那个狗日的不一样。我跟他也不一样。他举着那几张材料跟我说，咱们现在是“为了一个共同的革命目标走到一起来了”。我说，不是，不一样。你是非想弄出个成绩来。我是怕暖玉叫那个狗日的给带走了。他说，革命大方向是一样的。我说，大方向也不一样。你去县城往东。我去十五亩往北。他说，你放心，赵英杰会和我一起把这件事情干到底的。我说，我不知道赵英杰是他妈 × 的谁，我就想自己把自己的事情做了，我谁他妈 × 的也不指望。他就不说了，他就走了。他是一个人走的，他走得快，他光背了一个书包。咱们走得慢，是因为咱们拉了一辆车，是因为车上拉着拐叔呢。是因为拐叔的路就剩下最后这一截儿啦。二黑，我知道你现在是信不过我啦。信不过就信不过吧，信不过我也没法子。可是我得跟你说清楚。我跟那个狗日的不一样。我跟他也不一样。

挨得它这么近，就能觉出它温温的暖暖的。挨得它这么近，就能闻出它身上的味儿。它这热热乎乎的身子不知叫拐叔摸过多少回啦。它身上这股味儿也不知叫拐叔闻过多少回啦。它身上黑黑的，亮亮的，干干净净的。那都是拐叔给它打扫，给它收拾的。它是拐叔的心肝儿。拐叔心疼它。一个人活一辈子哪怕有人就心疼了他一天呢，他这一辈子就算是没白活。他这一辈子就比活一千年也没一个人心疼他强一千倍！你说我说的对不对呀，啊？二黑？你说呀你？

我摸着它的脖子，摸着它的一千年，我说，二黑，二黑，我知道你生我的气，我知道你恨我，我知道是我把拐叔给害了。可是这件事情我得跟你说清楚了。他今天一早就走了。他比咱们走得快。他带了两双鞋，带了一书包的干粮，带了按了两个手印儿的材料，还带了盖了大红章的介绍信，他说有这张介绍信，有这个大红章，他就能直接进县衙门，他就能直接找着县里的大官儿，他就能告倒那个狗日的。告倒那个狗日的就替拐叔报了仇了，那个狗日的就别想再把暖玉领走了！要不是那个狗日的来传达文件，咱们矮人坪啥他妈 × 的事情也没有。他走得快，他说他不怕那一百六十五里路。咱们走得慢，是因为拐叔的路就剩下最后这一截儿了。

空空的土塬上一条黄土大道。一条黄土大道又宽，又长，像是一条河。大道上走着一群瘤拐。没有打幡的。没有穿孝的。没有哭丧的。啥都没有。就有一辆驴车，一口棺材，一群瘤拐。我就想哭。可我不能哭。我不想叫别人看见我哭。也不想叫它看见我哭。我牵着它，我挨着它，它的气就吹到我脸上。

我说，二黑，咱们慢慢走吧。拐叔的路就剩下最后这一截儿啦。

它眨巴眨巴眼睛。它不看我。

五十八

到啦。走到啦。一伙人就围过去等着天柱发话。天柱阴沉着个脸不说话。天柱一路上都阴沉着个脸不理大伙。天柱掏出一盒绿叶烟来，撕开烟盒，把二十根烟齐崭崭地全抓在手上，然后扔了空盒。大家都看着他。都知道是要散烟了。

天柱说，一人一根，拿吧。

都不说话。都走上去拿了烟。都抽。烟就从头上闷闷地冒出来。看看大家抽完了。

天柱说，抬吧。

还是都不说话。都走上去伸出手。都抬。

天柱说，狗日的们，稳些儿！

白生生的棺材就晃晃悠悠地从平车上升起来。然后又晃晃悠悠地落到地上。收了庄稼的地上什么也没有。耕过了。也耙过了。平平展展的。干干净净的。那个新掏出来的黑窟窿，像一只没有底的黑眼睛，在十五亩的地头上睁着；像一张没有牙的黑嘴，在十五亩的地头上张着。太阳从头顶上斜照下来，把这一伙瘤拐的影子投到地上。人挺矮。影子老长老长。活像是一群鬼在十五亩平展展的地上晃来晃去的。

天柱又说，抬。

一伙人就又伸出手。又抬。

天柱就骂我，糊米，你狗日的用个劲儿，不看看棺材朝你那儿歪过去啦？你他妈 × 的你想叫拐叔歪着进墓呀你？

我就使劲。棺材就正了。拐叔就正对着那只黑眼睛，正对着那张黑嘴。头朝外。脚朝里。二黑就又刨开地了。刨一下，咚一声，刨一下，咚一声，刨一下，咚一声。震得人心里发麻。二黑它把十五亩当成是一面大鼓了。咚一声，咚一声，震得人心里发麻。

天柱说，进吧。

一伙人就往里走。脸朝里。背朝外。咚一声，咚一声，咚一声。越走越黑。

天柱说，稳些儿着。放，慢慢放。

大伙就把拐叔放下了。头朝外。脚朝里。脸朝上。咚一声，咚一声。除了洞口亮着，剩下的全是黄土。咚一声。等会儿把洞口一封，眼睛就闭上了，嘴就不张了。咚一声。拐叔就得留在里头慢慢地变成土。咚一声，咚一声。慢慢地变成和埋他的黄土一模一样的土。咚一声，咚一声，咚一声。变成土了，就什么都不是了。咚一声。然后，就又什么都从土里长出来了。咚一声。长草，长树，长花，长鸟，长虫子，长庄稼，咚一声，咚一声。就又什么都长出来了。咚一声。就又什么都有，什么都是了。咚一声，咚一声。

天柱说，走吧。

大伙就又都退出来。退出来就又看见天，看见地，看见太阳，看见二黑，看见别人，看见自己了。二黑还是在那儿刨，刨一下，咚一声，刨一下，咚一声。太阳就在天上挂着，太阳看着眼睛底下这个世界，看着眼睛底下这些人，看了不知道几千几万年啦。从盘古用大斧头劈开天地那时候起就看。刨一下，咚一声。一直看，一直看。咚一声，咚一声。看着这个世界什么都没有，什么都不是。咚一声。又看着这个世界，什么都有，什么都是。咚一声。河这边，什么都有，什么都是。咚一声。河那边，什么都没有，什么都不是。咚一声。太阳他妈×的肯定知道到底是河那边大，还是河这边大。咚一声。太阳他妈×的肯定知道，到底是什么都没有什么都不是大呀，还是什么都有什么都是大。咚一声，咚一声。几千几万年活活死死，几千几万年死死活活，就是太阳一个人在天上看着，就是他一个人看得清清楚楚的。咚一声，咚一声。也不知道他到底跟月亮说不说，也不知道他到底跟月亮商量不商量？咚一声，咚一声。我看得说，得商量，要是不说，不商量。一个人几千几万年还不得闷死呀，啊？咚一声，咚一声。再说了，谁家里有点事情，男人不和女人商量呀，还不是都得商量吗，啊？咚一声，咚一声。我日他的祖宗！连太阳也有个女人，有个老婆呢。我和拐叔就他妈×的凄惶地打光棍！我日他一万辈儿的祖宗！咚一声，咚一声。天柱那个狗日的是把这件事情看透了，天柱就日他一万辈儿的祖宗！咚一声，咚一声。二黑也把这件事情看透了，二黑就刨，二黑就刨，二黑要把河这边刨他妈 × 的穿喽！二黑要刨到河那边找拐叔去！刨一下，咚一声，刨一下，咚一声，刨一下，咚一声。

天柱从车上拿下那个荆篮来，从里头把东西一样一样拿出来。天柱又走进墓里。天柱在棺材周围撒了五谷，在棺材头上放了几个硬钱，在棺材前边五谷碗里点起三炷线香，又点着一盏添了麻籽油的长明灯。长明灯一亮，就把拐叔的墓和拐叔的棺材给照亮了。

天柱说，糊米，铁成，捞饭，你们仨给拐叔封口吧。天柱又看看二黑，天柱又说，二黑，你别刨啦你，你放心，我们给你把拐叔埋得好好的，一点也不叫他受委屈。

我和铁成、捞饭就把石头一块一块地垒好，就在垒好的墙上留下一个拳头大的窟窿。天柱就又提着那只扎了腿脚的红公鸡走过来。天柱把鸡头塞进洞里，一面又对着鸡屁股拍了两掌。

天柱问，掏墓的人，出来了么？

我们就站在身后说，出来了！

天柱就说，堵吧。

我们就把最后那个窟窿堵死了。又用三块石板在坟前搭了一个石案。天柱又拿出几张黄麻纸点着了。火苗一着，黄纸就变成黑灰了。有就变成没有了。

天柱看看拐叔的坟。看看变成了黑灰的纸。天柱说，拐叔，我们对不起你，啥也没有给你预备下。你没有孩子。你也没有个亲人。没人给你穿孝，没人给你哭丧，没人给你打幡，没人给你摔盆儿。啥也没有。我们真是对不起你，拐叔。拐叔，往后就看不见你了，我啥也没有给你的。你平日爱听我唱，我就给你唱几句吧，拐叔。

天柱就唱：

头戴翡翠押凤髻，
身穿八宝龙凤衣，
锦绣罗裙腰间系，
环佩叮当莲步移。

天柱就哭：

我公爹今晨寿诞期，
文武百官俱临莅。
数不清香车宝马到府第，
听不尽笙箫笛管闹晨曦。

天柱就给拐叔跪下了。天柱说，拐叔呀拐叔，拐叔呀……哎嗨嗨嗨嗨……

就有人喊，天柱！天柱！别哭啦你，别哭啦你！出事啦！你看看二黑它咋跑了呀！

天柱不听。天柱还是哭。

我回头一看，看见二黑已经跑远了。二黑一个人拉着那辆平车，顺着那条黄土大道跑，越跑越远，越跑越远，越跑越远，一眨眼就跑到天边了。

二黑他疯了！

五十九

绿的没有了绿的没有了绿的没有了我要找绿的我要找绿的我要找绿的

六十

可是二排长还在公社等着我呢。我一直想跟她说清楚，我一直想跟她说清楚。我一看见他我就知道是他干的，他脚上那双鞋都他妈×的磨破了。可我说什么她都听不进去。她说她要告诉我一句话。这他妈×的都是啥时候啦？二排长还在公社等着我呢，你还要告诉我一句话。你说说你能告诉我啥呀，啊？

这女人！你他妈×的一万年也别想猜出来她到底想干什么！我得跟她说清楚。我知道你和一个女人啥他妈×的也别想说清楚。可是二排长还在公社等着我呢。她哪儿知道二排长是谁呀？二排长就是现在的周部长。她哪儿知道这个呀？你就别想跟她说清楚。我把那张证递给她，我说，暖玉，给！她说，这是个啥呀？你就他妈×别想跟她说清楚。我说，你不是等着太阳从西边出来吗？这就是你要的那个离婚证！她看看我，她就哭了，她说，你咋这么糊涂呀你！我有一句话还没告诉你呐！我知道我就跟她说不清楚。可我不能不跟她说清楚。二排长还在公社等着我呢。他站在二排长的身边，背着个书包，脚上的鞋都磨破了。我知道这都是谁干的。我知道要出事情了。他们没进来的时候，我正躺在床上数麻雀子，一只，两只，三只，四只，五只……麻雀子就在院子里跳，就他妈 × 的数不清了；我就又从头数，一只，两只，三只……他们就进来了。他就站在那，脚上的鞋都磨破了。我就知道要出事情了。可是它再出天大的事情，我也得来。这有我的女人，我他妈 × 的能不来吗我，啊？我说，暖玉，你先别哭呀你。你听我说。我现在不是原来的刘主任了。我现在就是刘长胜。我现在就是我了。刘长胜原来也不叫刘长胜。刘长胜原来叫刘孬蛋。我穿了一双破鞋，穿了一身烂棉花套子，站在王政委的对面，王政委问我，叫什么名字呀？我说，叫刘孬蛋。王政委就笑，王政委说，这个名字不好，你以后就叫刘长胜吧，咱们革命队伍要天天打胜仗。从那以后我就跟着王政委，我就叫刘长胜了，后来就成了刘主任了。那时候二排长就是二排长，二排长还不是现在的县委组织部周部长呢。她就还哭，她一边哭一边说，她说，你咋这么糊涂呀你，我还有句话没有告诉你呢。我知道你就他妈 × 的别想和一个女人说清楚。我说，暖玉，你先听我说，我告诉你，二排长就是现在的周部长跟我传达了县党委和县革命委员会的指示，他们不叫我当主任了。他们叫他当了代理主任。狗日的！他那双鞋都磨烂啦，他可不是得他妈 × 的代理我吗他！他们说我现在是全县清理阶级队伍的典型，他们给我成立了专案组，让我去县里参加学习班接受审查。幸亏是二排长来宣布的。二排长是我在县大队时候的老首长了。我说，二排长，婚姻法规定十八岁就能结婚，我都三十八了，我就不能离个婚，再结个婚？我离个婚，结个婚，这就成了阶级斗争新动向啦，啊？要是离个婚，结个婚就是阶级斗争新动向，全中国得他妈 × 的有多少新动向呀，啊？二排长说，刘长胜同志，你是党员，你得服从组织，这是原则。我说，暖玉，你听清楚了吧，啊？我是党员，我都革命一辈子了我。我是党员，我就得服从组织，这是原则。原则就是原则。原则就是你死下也不能违反的东西。我服从了组织，服从了原则，我就不是原来的我了，我就不是刘主任了，我就得去参加专案学习班。我不是刘主任了，我就是现在的刘长胜了，我就什么也不是了，我就是我了。可是原则就是原则。原则就是你死了也不能违反的东西。原则就是不管是原来的我还是现在的我都不能违反的东西。要是违反了原则，我就不是个党员了，我这一辈子的命就他妈 × 的白革了。你到底听清楚还是没有听清楚呀暖玉，啊？你说出了这种事情我能不来和你说一声吗，啊？这儿有我的女人，你说我他妈 × 的能不来吗，啊？

她说，我听清楚了。你跟我说真话，我也跟你说一句真话。我早就想跟你说，可你不叫我说。她说，我肚子里现在已经有个娃娃了，这个娃娃不是你的娃娃。

你他妈 × 的一万年也猜不透这个女人到底是要干什么！你一心一意来找她，你一心一意以为她是你自己的女人。可她跟你说她肚子里有一个娃娃，这个娃娃还他妈 × 的不是你的！我说，那你说说，你到底是谁的女人？那个娃娃到底是谁的娃娃？你他妈 × 的咋不早说呀你？除了我，你到底还和谁睡过？到底还和多少人睡过？你说呀你？你他妈 × 咋不早说呀你，啊？我不当主任了我就不是原来的我了。你肚子里有娃娃了你也就不是原来的你了。我他妈 × 连主任都豁出去不当了来找你，可你倒说你肚子里有娃娃了，你倒说这个娃娃还他妈 × 的不是我的！你说说这事情叫他妈 × 的啥事情呀，啊？你说说你到底是谁？你说说你到底谁的女人？你说呀你？

她看看我，她说，刚才我要说，你不叫我说。你是谁，我不知道。可我知道我是谁。我叫秦暖玉，我是逃荒要饭来到矮人坪的。我二弟死在这儿了。我闺女小翠儿也死在这儿了。我谁的女人也不是，我是自己的女人；那个娃娃谁的也不是，那是我自己的娃娃。她又看看我，她说，我还有一句话没有告诉你。我明天就走，我明天就离开矮人坪回老家去。我是我爸的。我是我妈的。我是我自己的。我是我老家的。

我就知道你他妈 × 别想和一个女人说清楚！你他妈 × 的一万年也别想猜透这个女人她到底想干什么！

六十一

心疼我的人都走了，都回老家了。我心疼的人都死了，都埋进黄土里了。

一条黄土大道曲曲弯弯的，又远，又长。黄土，蓝天，我在这头，他们在那头。蓝天，黄土，他们在那头，我在这头。

六十二

土路上什么也没有。就有我们俩。

他在后头拽拽我。他说，哥，你真看见啦，哥？

我说，真看见啦。

他说，你要是看错了可咋办呀？

我说，没错。

他说，爸给拐爷送的啥呀？

我说，饼干。一盒子饼干。

他说，你要是看错了可咋办呀？

我说，你是不想吃了吧你？

他就噘起嘴来，他说，哥，这儿啥也没有，咱们还是回家吧。咱爸要是知道了咱们吃了拐爷的饼干非得捶死咱俩。

我说，你不去，我去。

我就走。土路上什么都没有。就有我俩。

他就揉着脸哭起来。他一哭就和她一样难看。我就举起拳头来，我就看见二黑了。

我说，二狗！二狗！你别哭啦你，你看看二黑来啦！

二狗就不哭了。二狗也看见二黑了。二黑拉着那辆平车，一个人从远处走过来了。土路上什么也没有，就有二黑一个人走。

二狗说，哥，二黑，不是丢了吗，他咋又回来啦？他也知道拐爷那儿有一盒饼干呀？

我说，二狗，你说对了，二黑就没丢，二黑他是找拐爷来了。

土路上什么也没有，就有二黑一个人走。大人们都说二黑丢了，二黑疯了。说二黑去过古老峪，去过南柳村，去过五人坪，去过东坡，去过老林沟。说二黑可世界转悠就是不回家。就是不回矮人坪。

二狗说，哥，大人们不是都说，二黑丢了，二黑疯了吗？可二黑这不是好好的吗？

土路上什么都没有，就有二黑一个人在那走。

我说，二狗，大人们哪儿知道二黑呀！他们就知道拿鞭子抽二黑。他们都是坏人。他们除了拿鞭子打二黑他们啥也不知道他们！

他说，哥，咱们不拿鞭子，咱们也不打二黑，咱们不当坏人。

我说，对了，二狗，你记住，咱们以后长大了不当坏人，也不打二黑。

他说，哥，咱们都是瘤拐，咱们都长不大。

土路上什么也没有，就有二黑一个人越走越近。

他说，哥，叫二黑拉上咱们吧。

我俩就叫，二黑！二黑！二黑！

土路上什么也没有。二黑抬起头来。二黑看见我和二狗啦！土路上什么也没有，二黑越走越近啦。

他就笑了，他说，哥，上车吧，哥。

二黑就拉着我俩跑起来。土路上什么也没有。就有我，就有二狗，就有二黑。

他说，哥，咱们去哪儿呀，哥？

我说，我也不知道。咱们跟着二黑走吧。

他说，哥，二黑没回村，二黑拐弯儿啦！

我说，我看见啦，二狗。

他说，哥，咱们不回家，咱们就跟着二黑跑吧！

我说，行，跟着二黑跑吧。

他就又笑，他说，哥，二黑跑得真快呀，哥！

六十三

呜哇哇哇哇……啊哇哇哇哇……呀哇哇哇哇……

一九九四年十月十五日傍晚，结稿于秋雨之中